THE QUEEN OF CRIME
繁體中文版
20週年
紀念珍藏

殘光夜影

阿嘉莎·克莉絲蒂 著

柯翠蓮 譯

While the Light Lasts

策畫者的話

通俗是一種功力

吳念真（導演、作家）

通俗是一種功力。絕對自覺的通俗更是一種絕對的功力。

這樣的話從我這種俗氣的人的嘴巴說出來，大概很多人要笑破褲底了。不過，笑完之後請容我稍稍申訴。這申訴說得或許會比較長一點，以及，通俗一點。

小時候身材很爛，各種遊戲競爭完全任人宰割，唯一隱遁逃避的方法是躲起來看書或聽大人瞎掰。那年頭窮鄉僻壤的小孩能看的書不多，小學二年級時最喜歡的是超大本的《文壇》，老師借的。看著看著，某天老師發現我的造句竟出現：「捧著：朝陽捧著一臉笑顏為群山剪綵」這樣亂七八糟的文字，就拒絕再讓我看那些超齡的東西了。

老師的書不給看，我開始抓大人的書看。一種是厚得跟磚塊一樣的日文書，對我來說那完全是天書，但插圖好看，經常有限制級的素描。另一種書是比較薄的，通常藏得很嚴密，只是裡面有太多專有名詞、重複的單字和毫無限制的標點，比如「啊啊啊」、「……！！！」

老讓我百思不解。有一天，充滿求知欲地詢問大人竟然換來一巴掌後，那種閱讀的機會和樂趣也隨著消失了。

所幸這些閱讀的失落感，很快從大人的龍門陣中重新得到養分。講到這裡，我似乎先得跟一個村中長輩游條春先生致敬，並願他在天之靈安息。

我所成長的礦區，幾乎全是為著黃金而從四面八方擁至的冒險型人物，每人幾乎都有一段異於常人的傳奇故事。這些故事當事人說來未必精采，但一透過游條春先生的嘴巴重現，有時連當事人都聽得忘我，甚至涕泗縱橫，彷彿聽的是別人的故事。

條春伯沒當過日本兵，可是他可以綜合一堆台籍日本兵的遭遇，一如連續劇般從入伍、受訓、逃亡荒島，面對同鄉同袍的死亡，並取下他們的骨骸寄望帶回故鄉，乃至骨骸過多搞不清哪是誰的等等，讓聽的人完全隨他的敘述或悲或笑，彷佛跟他一起打了一場太平洋戰爭。此外他也可以把新聞事件說得讓一個三、四年級的小孩，到現在仍記得當時腦中被觸動的畫面。例如當年瑠公圳分屍案的凶手做案之後帶著小孩到安東街吃麵（這讓我一直以為台北的安東街是條專門賣麵的街道），還有甘迺迪總統被暗殺、賈桂琳抱住她先生、安全人員跳上飛快的車子保護賈桂琳……當然，這記憶全來自條春伯的嘴巴而不是報紙。我的記憶全是畫面，有畫面，是因為條春伯說得精采，說得有如親臨他至死都還搞不清地理位置的達拉斯命案現場。

於是這小孩長大後無條件地相信：通俗是一種功力，絕對自覺的通俗更是一種絕對的功力。透過那樣自覺的通俗傳播，即使連大字都不識一個的人，都能得到和高階閱讀者一樣的感動、快樂、共鳴，和所謂的知識、文化自然順暢的接軌。也許就是因為這些活生生的例子，俗氣的自己始終相信：講理念容易講故事難，講人人皆懂、皆能入迷的故事更難，而能隨時把這樣的故事講個不停的人，絕對值得立碑立傳。

條春伯嚴格地說是有自覺的轉述者，至於創作者，我的心目中有兩個。一個是日本導演山田洋次，一個是推理小說家阿嘉莎．克莉絲蒂。

山田洋次創造了寅次郎這個集合所有男人優點跟缺點的角色，在以《男人真命苦》為名的系列下，總共完成百部左右的電影。它們的敘述風格、開頭、結尾的方法不變，唯一改變的是故事，是時代，是遍歷日本小鄉小鎮的場景。數十年來，看《男人真命苦》幾已成為日本人每年的一種儀式，一如新春的神社參拜。

數十年前訪問過山田導演，他說，當他發現電影已然有它被期待的性格時，電影已經不是導演自己的。他說：當所有人都感動於美人魚的歌聲時，你願意為了讓她擁有跟你一樣的腳，而讓她失去人間少有的嗓音嗎？

人間少有的嗓音與動人的歌聲，都來自山田導演絕對自覺的通俗創造。

再如阿嘉莎．克莉絲蒂，如果我們光拿出她說過的故事和聽過她故事的人口數字，就足以嚇死你。五十多年的寫作生涯，她總共寫出六十六本長篇推理小說，外加一百多篇短篇小說和劇本。其中有二十六本推理小說被改編，拍了四十多部電影和電視劇集。作品被翻譯成一百零三種文字的版本，銷量超過二十億本。

夠了。你還想知道什麼？知道二十億本的意義是什麼嗎？二十億本的意義是全世界平均三個人就有一個人讀過她的書，聽過她說的故事。

說來巧合，她和山田洋次一樣，創造出個性鮮明的固定主角（當然，前前後後她弄出來好幾個），然後由他（或是她）帶引我們走進一個犯罪現場，追尋真正的罪犯。

故事就這樣？沒錯，應該說這是通常的架構。那你要我看什麼？不急，真的不急，克莉絲蒂會慢慢冒出一堆足夠讓你疑惑、驚嚇、意外，甚至滿足你的想像力、考驗你的耐心和智商的事件來。

推理小說不都是這樣嗎？你說得沒錯，大部分是這樣，不一樣的是……對了，她像條春伯，像山田洋次，她真會說，而且她用文字說。

文字的敘述可以讓全世界幾代的人「聽」得過癮、「聽」個不停，除了聖經，也許就是克莉絲蒂。她不是神，但她真的夠神。

數十年前，台灣剛剛出現她的推理系列中譯本，那時是我結婚前，常有同齡的文藝青年來我租住的地方借宿，瞄到我在看克莉絲蒂，表情詭異地說：「啊？你在看三毛促銷的這個喔？」

我只記得他抓了一本進廁所，清晨四點多，他敲開我的房門說：「幹，我實在很討厭那個白羅……再拿一本來看看，我跟你說真的，要不是你的書，我真的很想把那個矮儸壓到馬桶吃屎！」

我知道他毀了，愛吃又假客氣，撐著尊嚴騙自己。克莉絲蒂再度優雅地撕破一個高貴的知識份子的假面具，她的手法簡單，那手法叫通俗，絕對自覺的通俗，無與倫比、無法招架的功力。

昔日的文藝青年如今跟我一樣，已然老去，但不時還會看到他寫一些充滿理念和使命感極重的文章，在報紙和雜誌上出現。我知道他要說什麼，只是常常疑惑他想跟誰說；同樣，我記得他說過什麼，但轉眼間忘記他說了什麼。但請原諒我，幾十年前那個晚上，他在我家看完的那兩本克莉絲蒂的小說內容，我可還記得清清楚楚。

也許有一天再遇到他的時候，我會問他之後是否還看過克莉絲蒂其他的書，如果沒有，我會跟他說，想讀要趁早，因為你會老、會來不及。至於白羅那個矮儸，大概永遠不會消失。哦，對了，還有一個叫瑪波，你說不定會來不及認識……

克莉絲蒂非系列導讀

從他種視角到跨界嘗試的閱讀體驗

路那（推理評論家）

說到阿嘉莎・克莉絲蒂，即使是不太常閱讀推理小說的讀者，也很難不聯想到有個完美鬍子的偵探白羅、老小姐瑪波，又或者是她享譽國際的《東方快車謀殺案》、《一個都不留》等名著吧。

克莉絲蒂的廣受歡迎，還在於台灣近乎出版了她的全集。儘管台灣的出版能量相當驚人，但放眼國內外作家，有此殊榮者也在少數。這些作品中，除了廣受歡迎的系列作外，另有數量相對較少的獨立作品。這些作品或受累於知名度不高，或受累於缺乏讀者熟悉的偵探角色，而較少進入讀者的視野之中，然而，這不表示它們本身不值得一讀。

在這裡，我要先岔出去談一下柯南・道爾（Conan Doyle）與莫里斯・盧布朗（Maurice Leblanc）。這兩位除了同樣大受歡迎之外，他們其實也同受被角色綁架之苦——柯南・道爾一心想當個嚴肅作者，為此不惜「殺害」福爾摩斯，卻又在大眾壓力之下不得不讓他神奇地死而復生的事件，相信大家都耳熟能詳。然而，或許不是很多人知道，創造了亞森．羅蘋此一大受歡迎怪盜角色的盧布朗，最終也因羅蘋大受歡迎，且擅長易容的形象深植人心，導致他不得不將新偵探角色吉姆．巴內特（Jim Barnett）降級為羅蘋的分身。與道爾交好的克莉絲蒂，自然理解箇中艱辛，或許也因此早早意識到她不能再重蹈覆轍，是以她不僅致力於故事的創造，同樣致力於角色性格的劃分。但此事並非一蹴可幾。舉例而言，短篇小說〈情牽波倫沙〉的偵探，發表時由帕克．潘擔任偵探角色，稍後又更替為白羅一事，即讓人意識到帕克．潘與白羅之間的共性：相同的公務員退休身分、同樣與偵探小說家奧利薇夫人為好友，帕克．潘的祕書萊蒙小姐日後成為白羅的祕書等，種種線索都暗示著帕克．潘與白羅可能享有的共同根源。然而，是什麼讓帕克．潘沒有被白羅「吸收」，一如巴內特與羅蘋？閱讀《帕克潘調查簿》與收錄於《情牽波倫沙》的兩個短篇時，不妨仔細考察白羅與帕克．潘的不同之處。

除了角色外，故事情節的他種視角乃至於跨界嘗試，也是非系列作品的一大看點。《李斯特岱奇案》、《死亡之犬》、《殘光夜影》等短篇小說集中收錄的作品，有之後遭改頭換面的靈感之作，也有溢出推理小說規制，蔓延至靈異、恐怖、言情等領域之作。它們的開頭，與我們習慣的克莉絲蒂推理小說似無甚差異，然則在一個十字岔路的輕巧滑脫，卻足以造就全然不同的類型閱讀體驗。

同樣的體驗，在非系列長篇小說中亦可一見。不用系列角色，意味著不須遵守類型既定的規範，或受限於角色既有的設定，遂得以更加無拘無束的形式自在揮灑。眾所周知，克莉絲蒂絕非信奉范・達因（S. S. Van Dine）「故事中不能摻有戀愛成分」戒律的一人，相反地，她頗擅長於小說中加入情感元素。她筆下的系列偵探，無論白羅或瑪波，自身均不涉浪漫情感，而多以神仙教父／教母的姿態從旁協助，從而使小說中的推理情節與羅曼史主次分明，僅為點綴。但她筆下這些聰慧的男女，是否始終只能作為系列偵探的配角存在？對此，克莉絲蒂的回答是，許多時候，擺脫了神仙教父／教母的他們，會顯現出更令人矚目的風采。

另一方面，推理小說的大體布局，從謎團初現、偵查過程到真相大白，與羅曼史主角們從陌生到相知到決定是否相守，也自有其契合之處。是以，在克莉絲蒂的非系列作品中，有不少長篇故事均以處於曖昧狀態的男女作為偵查或敘事主體，如《西塔佛祕案》、《為什麼不找伊文斯？》、《死亡終有時》與《白馬酒館》等。其中的情感除了經典的兩情相悅外，亦存在著無私的奉獻，與狡獪的以情感作為武器等多種樣態。

克莉絲蒂同樣擅長以三角關係作為障眼法，從角色間的誤會到敘事手法的誤導等，在在能使讀者以為掌握了十之八九的關係圖，瞬間翻出別樣花色。《無盡的夜》保留了克莉絲蒂時常描繪的羅曼關係，卻撤去了推理小說的型態，改以令人聯想到達芬・杜莫里哀（Daphne du Maurier）的奇情（sensation）風格，確實令人耳目一新，難怪克莉絲蒂會將之選為十大最愛之七。而其自選最愛第八的《畸屋》，則巧妙地擺脫了傳統推理小說家族敘事中以惡意為基底的設定，別出心裁地講述了謀殺如何發生在一個充滿善意的家族之中。《畸屋》之「畸」，既源於同樣具備扼殺力量的善意，也源於天生之惡——克莉絲蒂對善與惡之觀點，由是鋪陳出了一個頗為耐人尋味的視角。

一般而言，以克莉絲蒂為首的黃金時期推理小說家的作品，不太會令人聯想到國際政治、社會情勢等，感覺起來就「硬邦邦」，一點也不「舒逸」（cozy）的事物。它應該是以鄉村、大飯店、（前）殖民地為核心，間或夾雜一兩句讀者也不甚在意的時局觀察以加固背景的狀態。但克莉絲蒂出生於一八九〇年，生平歷經奧匈帝國與俄羅斯帝國的崩潰、兩次世界大戰、經濟大恐慌等，樁樁件件都是近代歷史難以抹滅的大事件，她可能當真無動於衷嗎？是以，早在一九二七年，克莉絲蒂便以白羅為主角，寫出諜報小說《四大天王》，其後更塑造出湯米與陶品絲這對橫跨二次世界大戰的夫妻檔業餘情報員。然而這對歡喜鴛鴦的氛圍，或許終究難以展現克莉絲蒂對戰後國際形勢演變之思慮。職是之故，她持續創作鴛鴦神探的系列之餘，在他們力所未逮之處，再度啟用了非系列角色，《巴格達風雲》、《未知的旅途》、《法蘭克福機場怪客》均是此類作品，試圖傳遞她在《四大天王》中即已反覆論及的「幕後的力量」。

這個「幕後的力量」又是什麼呢？見識過帝國的崩潰，對於早年的克莉絲蒂來說，共產主義無疑是危險的。在她第二部出版品《隱身魔鬼》中，克莉絲蒂將幕後黑手設定為布爾什維克的信徒。然而，伴隨著一九二四年工黨政府首次執政，克莉絲蒂對相關思潮的憂慮似有緩和態勢，此後，她的小說中偶爾會出現被眾人視為嫌疑犯的左翼同情者最終卻得證清白的情節。

伴隨著二戰結束與冷戰的開啟，許多涉及諜報的故事紛紛以蘇俄作為陰謀主腦。但克莉絲蒂頗具深意地將《巴格達風雲》與《未知的旅途》背後的陰謀組織者拐了彎，不以冷戰雙方作為主使者，而是更廣泛地指向「無政府主義者」、「理想主義者」。這樣的觀點，在以新納粹為主軸的《法蘭克福機場怪客》中亦曾多次表述——但這不是說她就放棄了一些既存觀點。不意外地，赫伯特・馬庫色（Herbert Marcuse）、法蘭茲・法農（Frantz Fanon）這些思想家仍舊不討克莉絲蒂的喜歡。

克莉絲蒂對法農等人的抗拒，與她對大英帝國的忠誠，以及對中東（特別是埃及）的偏愛或許不無關聯。眾所周知，克莉絲蒂於一九三〇年結婚的第二任丈夫是考古學家，她因此與中東和考古結緣。當時，方於一九二二年在名義上脫離英國管治的埃及，是個年輕的新興國家，尚未能擺脫殖民宗主國的影響，克莉絲蒂對埃及乃至於中東的描繪，是以多半本於殖民者的視線而開展。她的背景與經驗，決定了她理解的視角。然則，這並不表示她無意了解該地的歷史淵源——以古埃及為背景的《死亡終有時》正是最好的例證。這部入選英國犯罪作家協會「史上百大犯罪小說」第八十三名的精采作品，向讀者講述的不只是一個關於謀殺的故事，更是千年前定居於此的埃及人究竟如何生活的故事。

在《巴格達風雲》中，有一段主角與主謀對峙時的敘述：「人命無關緊要……這是愛德華的信條。那個用瀝青黏補起來、三千年前的粗陶碗突然無來由地閃現在維多莉亞心頭。那些東西當然要緊。小小的日常用品、待養的家人、構築成一個住家的牆壁，還有一兩件被當作寶貝的財產。」顯而易見，對克莉絲蒂而言，考古文物的珍貴，不在於它們悠久歷史或蘊藏的知識，而在於當代人得以透過它們深刻感受過往人們的生活。正是這樣的感受，構築出對人與生命的尊重。這樣的尊重，正是克莉絲蒂推理小說的基石所在吧！

在娛樂之外，還有許許多多閱讀克莉絲蒂的方式，正如同在知名的偵探系列之外，仍存在著許許多多精采的非系列作品一般。你所看到的克莉絲蒂，又是什麼樣子呢？

獻詞

阿嘉莎・克莉絲蒂是世界讀者最眾，也最廣受喜愛的女作家。
身為克莉絲蒂的孫兒，我相信奶奶會非常樂見這次出版，
因為她極以自己作品中的趣味與娛樂為豪。
歡迎所有喜歡本系列的台灣新讀者參與這場饗宴！

——馬修・培察（Mathew Prichard）

殘光夜影

目錄

序

阿嘉莎·克莉絲蒂，實至名歸的謀殺天后，是最偉大的古典推理小說家，盛名歷久不衰，無人可比。她最為有名、也很可能是所有推理小說中最為人所津津樂道的作品，便是一九二六年的《羅傑艾克洛命案》。她憑此書震撼文壇，一舉奠定一流推理作家的地位。破了這個命案的赫丘勒·白羅，曾服務於比利時警界，前後出現在她的三十八本小說中，包括一九三四年的《東方快車謀殺案》、一九三六年的《ABC謀殺案》、一九四二年的《五隻小豬之歌》、一九五三年的《葬禮變奏曲》、一九六九年的《萬聖節派對》，以及一九七五年的《謝幕》。

克莉絲蒂在她自己塑造的偵探角色中最愛老小姐珍·瑪波，總計出現在十四本小說中，包括一九三〇年的《牧師公館謀殺案》、一九四二年的《藏書室的陌生人》、一九五三年的《黑麥滿口袋》、一九六四年的《加勒比海疑雲》以及一九七一年的續集《復仇女神》，她出現的最後一部小說是一九七六年的《死亡不長眠》，這本小說與《謝幕》同樣是在三十年前德軍轟炸英倫期間寫成的。克莉絲蒂還有二十三本非名探系列的小說，包括一九三九年的《一個都不留》——原名是《十個小土人》，故事裡頭一個偵探也沒有——還有一九四九年的《畸屋》、一九五九年的《無辜者的試煉》，以及一九六七年的《無盡的夜》。

克莉絲蒂在她長達半個世紀以上的寫作生涯中，共寫了六十六本小說、一本自傳、六本「瑪麗．魏斯麥珂特」作品、一本到敘利亞探險的回憶錄、兩本詩集，還有一本詩篇和兒童故事集、十幾齣偵探故事的舞台劇本及廣播劇本，以及大約一百五十則的短篇故事。

這本新書收錄有九篇故事，其中除了兩篇之外，所有故事在初次發表之後從未再版過（有的故事距離初版已有六、七十年之久）。白羅出現於其中兩篇故事〈巴格達櫃子的祕密〉和〈耶誕歷險記〉。這兩篇是克莉絲蒂收錄在《哪個聖誕布丁？》中的故事原型。〈危崖〉是緊張的心理故事，而〈女伶〉則情節詭譎靈活。〈牆內〉和〈寂寞之神〉既神秘又羅曼蒂克，是克莉絲蒂最早期的作品；〈白屋驚夢〉和〈殘光夜影〉有點超自然的味道。最後還有〈曼島的黃金〉，這故事的形式和概念在當時頗為獨特，但是後來逐漸廣為世人喜愛。

九篇故事，個個展現了阿嘉莎．克莉絲蒂無可取代的風格。保證令克迷們目不暇給，大呼過癮！

東尼．梅達瓦　倫敦，一九九六年十二月

01

白屋驚夢

While the Light Lasts

這是約翰．希格瑞生平的故事……有關他不甚得意的一生；他並不美滿的愛情；他的夢想，以及他的死亡；如果他從後兩者得到了前兩者所要不到的東西，也許他的人生可以算是成功吧。誰知道呢？

約翰．希格瑞的家族自從伊利莎白女王時代以來就是地主，但是近百年來漸呈敗象，所有的資產變賣精光。家人考慮再三，決定至少要有個兒子學習實用的謀生之技。而約翰的雀屏中選，則是命運無心的捉弄。

約翰有著敏感的雙唇，狹長的藍眼，像精靈或神話中的獸人似的身上帶著森林的野氣。把他送上以經濟為考量的祭壇當犧牲品，其實並不合適。他從此告別了心愛泥土的芳香，唇邊海鹽的味道，以及頭頂上自由自在的天空。

十八歲那年，他開始在一家大貿易公司當初級辦事員。七年之後他還是個辦事員，職位不再那麼低階了，但仍是個辦事員。約翰不具備力爭上游的能力。他準時上班，努力工作，孜孜不倦，一位十足認真的辦事員，但充其量也不過是個辦事員罷了。

然而他很有可能成為一個……什麼樣的人呢？他自己也說不上來，但是他確信在這個世界上，總有某個他能發揮生命價值的地方。他有一種能力，一種敏捷的想像力，是他的同事無法窺探的。他們喜歡他無憂無慮的樣子，卻沒注意到他正是藉此避免與人產生真正親密的友誼。

這個夢來得很突然。完全不是由童年逐漸發展而成的幻想。它在一個仲夏夜……或者應該說是在一個清晨時分來到，他全身激動地醒了過來，努力想要抓住難以捉摸而流逝不返的夢。

他拚命地抓住它。不許它走——絕對不許——他一定得記住這棟房子。對了，就是這棟房子！他所熟知的房子。那是真實的房子，還是只在夢裡出現的房子？他記不得了……但是他確實認得它，而且非常熟悉。

微灰的晨光無聲無息地穿進屋裡。一切都靜悄悄的。清晨四點三十分的倫敦，疲憊的倫敦，暫時得到了片刻的安寧。

約翰・希格瑞安安靜靜地躺著，美夢盈懷，滿心歡喜。能記得住這個夢真是太聰明了。通常在半睡半醒中，用笨拙的手指頭是留不住飛掠而過的夢境。

這真是個最不尋常的夢！有一棟房子，而且……他猛然想到，除了房子，其他的一切他完全記不起來。他突然覺得有點失望，對他來說，這畢竟是一棟十分陌生的房子。他以前甚至連夢都沒夢到過。

房子是白色的，就建在高地上。附近有樹，遠處有藍色的小山。但是它特別迷人的地方和周圍環境無關（這是整個夢境的重點，也是夢境的高潮），而是房子本身真美，美得不可思議。當他再次想到房子難以描繪的美麗時，心跳不由得加快了起來。

當然，這是以外觀而言，因為他沒進去過屋裡。這點他十分確定……非常非常確定。

而正當住處晦暗的輪廓在遞增的光線中逐漸清晰時，他醒了。也許，他的夢終究並不是那麼美妙……或許，黃粱夢醒，幻境擦肩而過，順帶還嘲弄他抓握不住的雙手？一棟高地上的白屋……這沒什麼好特別值得興奮的，對吧？他記得屋子相當大，有很多窗戶，所有的窗簾都闔上了，不是因為屋裡沒人（這點他很確定），而是因為時候太早了，還沒人起床。

然後他被自己荒唐的想像力弄得啞然失笑，接著想起今晚與威特曼先生約好要共進晚餐。

§

梅西．威特曼是魯道夫．威特曼的獨生女，一向慣於予取予求。有一天她到辦公室拜訪父親的時候，注意到約翰．希格瑞這個人。他正拿了一些老闆要的信件進來。當他離開後，梅西向父親打探了一下。威特曼倒是有話直說。

「他是愛德華．希格瑞爵士的一個兒子，家世良好，但是沒落了。雖然我還滿喜歡他，但這小夥子稀鬆平常，成不了什麼大器，一點才幹也沒有。」

也許梅西並不在乎什麼才幹不才幹。兩個星期之後，她說服了父親，邀請約翰．希格瑞一塊共進晚餐。這頓晚餐頗為私密，只有她自己、她父親、約翰・希格瑞，以及一位作客的女友。

女友忍不住開口了。

「我猜，你想知道我贊不贊成吧，梅西？你爸爸會把他好好地裝在一個小包裹裡，買乾付淨地從城裡帶回來給他親愛的小女兒當禮物。」

「愛拉葛！你好過分。」

愛拉葛・寇兒笑了起來。

「你知道的，梅西，你很容易失心瘋著了迷。我喜歡那頂帽子……我一定要得到它！帽子如此，老公亦當如是？」

「別逗了。我幾乎還沒和他說過話呢。」

「是還沒有。不過你心意已定，」女友說，「梅西，他的魅力在哪裡？」

「我也不知道，」梅西・威特曼緩緩地說，「他……與眾不同。」

「與眾不同？」

「是的。很難解釋。你知道，他長得很好看，有點不尋常的那一種。但那不是主要原因。他有一種視而不見的樣子。那天在爸爸的辦公室裡，我相信他看都沒看我一眼。」

愛拉葛笑了。

「那是老伎倆啦。依我說，這年輕人挺奸詐的。」

「愛拉葛，你好討厭！」

「高興一點吧，親愛的。爸爸會買一隻小羊給他的小寶貝梅西的。」

「那不是我要的。」

「你要的是最棒的第一流愛情，是嗎？」

「為什麼他不會愛上我？」

「沒道理不愛。我想他會的。」

愛拉葛邊笑邊打量著她。梅西．威特曼個子不高——有發胖的傾向——深色的短髮，梳理得鬈曲而精巧。天生的好皮膚，搽上最新流行的脂粉和口紅更添風采。唇型牙齒都漂亮，深色的眼睛小而有神，臉頰和下巴有點胖。打扮得十分美麗動人。

「是的，」愛拉葛端詳一陣後說道，「毫無疑問地，他會愛上你。你看來真的是非常美麗，梅西。」

她的朋友懷疑地看著她。

「真的，」愛拉葛說，「是真的……我發誓。但是如果，我是說，萬一他沒愛上你，如果他對你的感情是友情而不是愛情，那怎麼辦？」

「也許我和他熟了以後並不喜歡他。」

「很有可能。反過來說，你也有可能真的非常喜歡他。到時候……」

梅西聳了聳肩。

「我希望我有足夠的傲氣……」

愛拉葛打斷了她。

「傲氣用來掩飾感情還管用……但壓抑感情就不行了。」

「好吧，」梅西紅著臉說，「我就直說好了。我的條件很好。我是說……以他的觀點看來，我是老闆的女兒。」

「也是未來的合夥人，諸如此類的，」愛拉葛說，「是的，梅西。你是你父親的女兒沒錯。我簡直太滿意了。我真希望我的朋友都能忠於本性。」

略帶嘲笑的語氣讓另一個女孩不大自在。

「你好可惡，愛拉葛。」

「但是有趣，親愛的。這就是你會邀我來這裡的原因。你知道我研究歷史，為什麼宮廷小丑會受到容忍和獎勵，我常常苦思不得其解。現在自己也入了行，才了解其中的奧妙。你看，我總得做點事，而這個職位滿不錯的。我呀，就像小說裡的女主角，又窮又傲，家世雖好，但學養不佳。在那兒『怎麼辦，小姐？真是天曉得』的直嚷嚷。我觀察的結果，窮親戚型的女孩是迫切需要的角色。自願住不生火的房間，打打雜，幫幫親愛的某某表姐。沒人真心要她……除了留不住幫傭的人家之外，但是他們待她卻有如船上的奴隸。

「所以呢，我就成了宮廷小丑。表面上粗魯無禮，直言不忌，有時候還得急中生智一下（不能秀過頭，只要恰如其分就行），骨子裡卻是對人性觀察入微。人們滿喜歡聽人說教的。所以受愛戴的牧師才會教徒成群。我一直都很成功，邀約應接不暇，輕而易舉就可以靠朋友過日子，還得小心不要露出感激的馬腳。」

「你真是與眾不同，愛拉葛。你說話毫無顧忌。」

「那你就錯了。我非常顧忌……我是深思熟慮後才說出口的。我看似坦率，但那是經過精心策畫的。非得如此不可。這個工作我得做到老。」

「為什麼不結婚呢？好多人跟你求過婚啊。」

愛拉葛突然拉下了臉。

「我絕不能嫁人。」

「因為……」梅西看著她的朋友，沒把話說完。後者微微點頭同意。

樓梯間有腳步聲傳來。僕役長打開門說：「希格瑞先生到了。」

約翰不怎麼熱中地走了進來。他想像不出為什麼老頭子要邀請他。如果能推掉的話他寧可不來。這房子富麗堂皇，地氈柔軟，令他覺得沮喪。

一位小姐上前來與他握了手。他隱約想到在她父親的辦公室裡見過一面。

「你好嗎，希格瑞先生？希格瑞先生……這是寇兒小姐。」他眼睛一下子亮了起來。她是誰？她來自何方？火紅色的窗帘在她的四周飄動，雕像似的小小腦袋上有著挺直的希臘鼻子。她看來如夢似幻，好像隨時都會消失在沉悶的背景之前。魯道夫．威特曼進來了，寬大襯衫的前襟漿得雪白，走起路來嘎吱作響。他們不拘禮地一起下了樓用餐。

愛拉葛．寇兒一直和男主人說話。約翰．希格瑞只好努力應付梅西。但是他的整個注意力都放在另一個女孩身上。她非常實事求是。不過他認為她是刻意這樣，應該並非天生如此。而藏在這一切的背後，卻是全然不同的火花，閃爍而搖曳的火花，就像是古時候誘人深入沼澤地的螢螢之火。

他終於等到與她說話的機會了。梅西正把白天遇見的友人口信轉述給父親。然而正當此時此刻，他卻說不出話來。他無言地看著她，希望她能先開口。

「餐桌話題吧，」她輕鬆地說，「是不是先來談談戲劇，或是從多種話頭之一的『你喜歡……』開始呢？」

約翰笑了。

「如果發現我們兩個都愛狗，而不愛淺棕色的貓，那麼我們之間就有了所謂的『連結』？」

「的確如此。」她板著臉說。

「我覺得，用一問一答的方式來對話真是可悲。」

「但是如此一來，大家才有得談呀。」

「沒錯，可是結果就慘了。」

「熟知規則是滿管用的……如果只是要搞破壞的話。」

約翰看著她笑了。

「那麼，我想，你和我就盡情搞怪吧。誰叫我們是瘋狂的天才呢。」

她的手一不留神，掃落了桌上的酒杯。破碎的玻璃聲叮噹作響。梅西和她的父親停止了談話。

「真是抱歉，威特曼先生。我把玻璃杯摔到地上了。」

「親愛的愛拉葛，沒關係，一點也不要緊。」

約翰趕緊小聲說：「打破玻璃杯是壞兆頭。但願……沒發生過。」

「別擔心。有句話是怎麼說的？『災厄自存，非汝所能招之。』」說完就回過頭，繼續和威特曼先生說話。

約翰一邊和梅西談話，一邊苦思那句話的來處。終於想到了。那是華格納的歌劇《女武神》裡，西格門提議離家時席格林德所說的話。

他心裡想：「她的意思是說……？」

但梅西在問他對新上演的模仿秀有何看法。過沒多久，他只得承認他喜歡音樂。

「晚餐後，讓愛拉葛彈琴給我們聽。」梅西說。

他們一起上了樓上的客廳。雖然威特曼喜歡酒杯晃動、雪茄遞送的肅穆氣氛，但私底下他認為這是個野蠻未開化的習慣。不過今晚這樣也好。天曉得他和年輕的希格瑞有什麼好談的。梅西真是太任性了。這傢伙又不是什麼俊男——非常帥的那一種——而且一點也不風趣。他真高興梅西要求愛拉葛．寇兒彈琴，這樣一來時間會過得快一些。這個小白癡甚至連橋牌也不會打。

愛拉葛彈得很好，雖然還沒達到洗練的職業水準。她彈的是現代音樂，德布西、史特勞斯，還有一些史克里亞賓的曲子。然後她彈貝多芬的《悲愴交響曲》第一樂章，琴聲憂傷，充滿著亙古以來永無止境的悲痛，但是在音符之間，從頭至尾流露出不向命運屈服的精神。樂聲沉重而哀傷，隨著征服者的節奏起伏直到滅亡。

彈到最後她猶疑了一下，因此按錯了鍵，音樂戛然而止。她望著梅西，自我解嘲地說：「你看看，有人不許我彈了呢。」

接著也不管別人對她的無厘頭有什麼反應，就埋頭彈起一段奇怪而難忘的音樂。調子奇特，節奏古怪，就像是小鳥飛翔而泰然自若地徘徊著，希格瑞以前從未聽過。突然之間，旋律毫無預警地變成一堆刺耳的雜音，愛拉葛笑著站起身來。

雖然在笑，但她看起來相當不安，甚至可以說是驚惶失措。她坐到梅西身旁，約翰聽到後者低聲對她說：「你不該那樣做。你真的不該那樣做。」

「你剛才在說什麼？」約翰焦急地問道。

「是我的私事。」她不假辭色地說。

威特曼岔開了話題。

那天夜裡，約翰．希格瑞又夢見了那棟房子。

§

約翰很不快樂。他的人生從來沒有這麼厭煩過。到目前為止，他都很有耐性地接受它……不甚滿意但有必要地選擇接受，然而他的內心深處完全不受影響。現在一切都變了。外面的世界和內心的世界攙雜到一塊兒了。

他也不自我欺瞞。改變的原因是因為他對愛拉葛．寇兒一見鍾情了。怎麼辦呢？

那天晚上他太慌亂了，什麼打算也沒有，他甚至沒試著再見她一面。不久之後，當梅西邀他去她父親的鄉間別墅度週末時，他熱切地一口答應了。但是結果令他失望，因為愛拉葛並不在場。

他不著痕跡地提了一次她的名字，梅西說愛拉葛正在蘇格蘭探訪親友。他也就此打住，雖然他很想繼續談她，卻說不出口。

至於那個週末的發展，梅西真不知如何是好。他好像看不出來……呃，這個再明顯不過的事實。她的方式很直接，但是對約翰無效。他認為她善良，而且有點霸道。

然而命運強過梅西。命中注定約翰將再次遇見愛拉葛。

他們在一個星期天下午的公園裡再次相遇。他遠遠就瞧見了她，心臟頓時怦怦亂跳。萬一她不記得他……

但是她沒忘記他。她停下來與他說話。不一會兒，兩人就併肩散步走過草坪。他簡直是樂不可支。

他出其不意地問道：「你相信夢嗎？」

「我相信噩夢。」

嚴厲的語氣讓他感到驚訝。

「噩夢，」他笨拙地說，「我說的不是噩夢。」

愛拉葛看著他。

「不，」她說，「你的生命裡沒有噩夢。我看得出來。」

她的聲音變得溫和了。

接著他吞吞吐吐地告訴她有關白色屋子的夢。他做了六次……七次的夢。夢境都一樣。房子好美……真美！

他繼續說道：「你知道……這和你有點關係。我第一次做這個夢是遇見你的前一夜。」

「和我有關？」她笑出聲來，笑聲苦澀又短促。「噢，不，不可能。那棟房子那麼美。」

「你也很美呀。」約翰．希格瑞說。

愛拉葛有些難為情地臉紅了。

「對不起……我真笨。我好像是在求人讚美自己似的，對吧？我的意思不是這樣。我知道我外表還過得去。」

「我還沒看過屋裡是什麼樣子，」約翰．希格瑞說，「相信裡面一定和外頭一樣美。」

他緩慢而認真地說。她故意忽略他話中的含義。

「我還有話要告訴你……假如你願意聽的話。」

「我願意聽。」愛拉葛說。

「我要辭職了。現在想來，老早就該辭了這份工作。我一向隨波逐流，甘心過一日算一日，徹底失敗也無所謂。一個男人不該如此。男人理當奮發圖強，業有專精。我辭了這份工作，會換個完全不同的工作，比如說到西非探險……詳情不能告訴你，現在還不能曝光；不過如果成功了……那我就變成有錢人了。」

「所以，你也是用金錢來衡量成功？」

「金錢，」約翰．希格瑞說道，「對我來說只有一種意義……那就是你！當我回來的時候……」他頓了一下。

她低下頭，臉色變得十分蒼白。

「我不會假裝不懂你的意思。所以我現在必須告訴你，就只這麼一次：我是絕對不會結婚的。」

他考慮了一會兒，然後很溫柔地說：「不能告訴我原因嗎？」

「能，但是這個世上我最不想透露的人就是你。」

他再次沉默了一下，接著忽然抬起頭來，臉上掛著迷人的微笑。

「我知道了，」他說，「因此你不讓我進屋裡——連偷看一眼也不行？窗簾必須關得緊緊的。」

愛拉葛倚過身來，把手放在他的手上。

「我只能說，你去做自己的美夢吧。但我……是不做夢的。我的夢都是噩夢！」

說完她急急忙忙地離開了。

當天晚上他又做夢了。最近在夢中，他覺得那房子幾乎可以確定有人在住。他曾看過有一隻手在拉開窗簾，還有人影在屋裡走動。

今晚那房子看來比以前更美。白牆在陽光下亮得耀眼。一片安詳美麗。

突然之間，他感到快樂的浪潮洶湧而來。他就是知道有人來到了窗邊。一隻手——他曾看過的同一隻手——伸了出來拉開窗簾。再過一分鐘他就會看到……

他醒了過來，全身仍然不停地發抖。那個從屋子窗戶裡望向他的東西，令他感到說不出的害怕和厭惡。

那真是恐怖至極的東西。卑鄙可憎！他只要一想到就要吐。而最可怕的是它住在那屋子裡……那棟美麗的屋子。

它的滯留，毛骨悚然地破壞了房子渾然天成的安詳寧靜。屋子的美，神奇而永恆的美，就因為聖潔的四面牆內有著齷齪的暗影，從此就這樣毀了！

希格瑞知道，萬一他再次夢見這棟屋子，他會驚懼而醒，以免這東西會忽然從美麗的白屋裡瞧著他。

第二天傍晚，他離開辦公室後，直接去了威特曼家。他一定得見愛拉葛．寇兒一面。梅西會告訴他怎麼找到她。

梅西跳起來迎接他的熱切眼神，他絲毫沒注意到，而是立刻結結巴巴地說出他的請求，手中還握著她的手。

「寇兒小姐。我昨天才見過她，但我不知道她現在住在哪兒。」
他沒察覺到梅西冷漠地抽回了手，對她突然變冷淡的聲音也毫無知覺。
「愛拉葛住在這兒……和我們住在一起。但是我想你見不到她。」
「但是……」
「你知道，她媽媽今天早上過世了。我們才剛得到消息。」
「喔！」他大吃一驚。
「真是太令人傷心了，」梅西說。她猶疑了一下，接著又說：「你知道，事實上，她死在……精神病院。她的家族有精神病遺傳。她的祖父開槍自盡，有一個姨媽是白癡，另一個姨媽投水自盡。」
約翰．希格瑞含糊地說了句話。
「我想我應該告訴你，」梅西好心地說，「我們是好朋友，對吧？當然啦，愛拉葛十分美麗動人。好多人向她求過婚，但是她絕對不會嫁人……她不能，對吧？」
「她看來好好的，」希格瑞說，「又沒怎麼樣。」
他聽到自己沙啞而不自然的聲音。
「這很難說，她媽媽年輕的時候也是好好的。而且她不只是……不正常，你知道。她瘋狂得很。瘋病……真是可怕。」

「是的，」他說，「可怕到了極點。」

他現在知道從屋子窗裡瞧著他的是什麼東西了。

梅西還在說個不停。他無禮地打斷了她。

「我其實是來告別的……並且謝謝你所有的好意。」

「你不是要……遠行吧？」

她的聲音透露著警覺。

他側著臉對她揚嘴一笑……一個迷人的慘笑。

「是的，」他說，「去非洲。」

「非洲！」

梅西喃喃地重複著。在她回過神以前，他已經握過她的手走了。她獨自站在那兒，兩手緊握，雙頰怒得發紅。

在下面門口的台階上，約翰・希格瑞和街上剛回來的愛拉葛碰面了。她穿著黑衣，臉色蒼白毫無生氣。她看了他一眼，然後把他拉到一間小小的起居室。

「梅西告訴你了，」她說，「你都知道了？」

他點點頭。

「那有什麼關係呢？你好好的。有些人可以幸免。」

她憂鬱哀傷地看著他。

「你好好的。」他又說了一次。

「我不知道，」她用幾乎聽不見的聲音說道，「我不知道。我告訴過你……有關我的夢。那晚當我彈琴的時候——當我坐在鋼琴前面的時候——那些東西攫住我的手。」

他直視著她，一動也不能動。當她說話的時候，在那一瞬間，她眼中有某種東西流露出來。它一閃而逝……但是他察覺到了。就是那個在屋裡往外望的東西。

她注意到他短暫的畏縮。

「你看，」她低聲說，「你看……但願梅西沒告訴你。它剝奪了你的一切。」

「一切？」

「是的。甚至連夢也不用做了。如今……你絕對不敢再做有關那房子的夢了。」

§

西非的烈日照射下，暑氣正盛。

約翰．希格瑞不斷地呻吟。

「我找不到。我找不到。」

紅髮方下巴的矮小英國醫生正皺著眉頭以特有的霸道姿態看著他。

「他總是說個不停。那是什麼意思？」

「我想，他說的是一棟房子，先生。」有著柔和聲音的羅馬天主教傳教團的修女看著患者，心平氣和地說。

「一棟房子？那他得忘了它，否則我們救不了他。他老是惦記著它。希格瑞！希格瑞！」

遊移的注意力集中了起來。眼睛似曾相識地看著醫生的臉。

「我告訴你，你會好起來的，我會醫好你。但是你不要再為房子的事情擔心了。你也知道，房子是跑不掉的。所以現在別再找它了。」

「好吧。」他看似服從。「我想，假如它從來不曾存在過的話，要怎麼跑掉呢？」

「那是當然！」醫生豪爽地笑了。「好啦，你很快就會好起來的。」然後大搖大擺地走了。

希格瑞躺在床上想著。熱度暫時退了，他可以清楚有條理地想一想。他一定得找到那棟房子。

有十年之久，他一直害怕會找到那棟房子……他最害怕的，是可能無意中碰上它。然而時間一久，當他終於不再害怕時，房子居然自己找上了他。他清楚記得當時的魂飛魄散，以及後來的大鬆一口氣。因為，房子竟然是空的！

房子是空的，而且優雅寧靜。和他十年前的記憶一模一樣，他還記得很清楚。有一輛搬家具的黑色大貨車正在慢慢開走。想當然耳，這是上一個房客在搬家。他上前與貨車車主說話。那貨車看起來有點詭異，黑漆漆的。馬也是黑色的，馬鬃馬尾隨風飛揚，而且工人全都身穿黑衣，手戴黑手套。這令他想到一些他記不起來的事情。

是的，他是對的。前一個房客租約期滿，如今正在搬家。目前房子空著，直到屋主從國外回來。

然後他醒了，心中對那棟空屋的寧靜之美充滿了嚮往。

一個月之後，他收到了一封梅西的信（她很有恆心地每個月寫一封信給他）。她在信裡告訴他愛拉葛．寇兒和她媽媽在同一家精神病院過世了，真是令人傷心難過啊。顯然這是個悲天憫人的解脫。

在他做了那個夢之後，這一切真是非比尋常，他不是很明白，但這真的是非比尋常。

最糟糕的是，他從此再也找不到那棟房子了。不知怎麼地，他忘了去那裡的路。

他又開始發燒了。他在床上翻來覆去。對了，差點忘了，房子築在高地上！他得往上爬才能到得了。但是爬上懸崖可真是熱……熱得不得了。往上，往上，再往上……噢！他滑了下來！他必須從頭開始。爬，爬，爬……一天又一天，一週又一週，他不確定是不是過了好幾年！他還是繼續往上爬。

有一次他聽見醫生的聲音，但是他不能停下來聽他說話，況且醫生會叫他別再找那棟房子了。他認為那是一棟普普通通的房子。他懂個屁啊。

突然之間，他意識到他必須保持冷靜，非常非常冷靜。不冷靜是找不到房子的。急急忙忙而情緒激動是沒用的。

他能保持冷靜就好了！但是天氣這麼熱！熱？還是冷……是的，好冷。沒有懸崖，倒是有冰山——凹凸不平、寒冷徹骨的冰山。

他好累。他不想再找了……沒用的。喔！這裡有一條小路……總比冰山好些。綠意盎然的小徑是多麼陰涼舒適啊。而那些樹——真是漂亮！有點像——什麼？他記不得了，不過沒關係。

啊！有花。全都是金黃色和藍色的花！多美呀……而且有奇特的熟悉感。對了，他到過這裡。穿過樹木，可以看見房子耀眼地立在高地上。多美呀。不過林蔭的小徑、這些樹和這些花，比起這屋子無可比擬又賞心悅目的美麗來說，簡直算不了什麼。

他加快了腳步。想想看，他從沒進到屋子裡面去！簡直笨得難以相信……鑰匙一直都在他口袋裡！

想當然耳，房子的外觀簡直不能與屋內媲美……尤其現在屋主已從海外回國了。他踏上了大門前的台階。

殘酷而力道十足的手正要把他拉回去！那股力量來來去去地與他纏鬥著。

醫生正在搖晃他，並對著他的耳朵喊叫：「喂，等一等，不要放棄。不要放棄，你一定可以的。」

他像是面臨強敵似地雙眼露出凶光。希格瑞心想不知他的仇敵是誰。黑袍修女在禱告。這也顯得不太尋常。

他只想一個人靜靜地回屋裡去。這會兒屋子離他愈來愈渺茫了。

那當然是因為醫生太強壯了，他鬥不過醫生。但願他能辦得到。

等一下！有個辦法……就是利用夢境消逝而即將甦醒的時刻。沒有任何力量擋得住……夢境一溜煙地就消逝了。如果他用溜的，就用偷溜的這個辦法……醫生就抓不住他了！

是的，就是這法子！屋子的白牆又呈現於眼前了，醫生的聲音轉弱了，他雙手的拉力也變弱了。他終於了解夢境就是這樣稍縱即逝。

他再次來到屋子門口，優雅寂靜一如往昔。他把鑰匙插入鎖孔中，然後轉動。

他等了一會兒，充分享受那種難以形容、完美無缺、不可言喻的歡樂。

然後……他跨過了門檻。

後記

〈白屋驚夢〉首次發表在一九二六年一月的《領袖雜誌》上。這個故事是克莉絲蒂在第一次世界大戰前完成的〈美麗的房屋〉的修訂版。她在自傳中提到這是「我所寫出第一篇有點前途的故事」。雖然原文晦澀難解，病態得有點過分。〈白屋驚夢〉的文風與愛德華時代——尤其是賓森[1]的鬼故事——十分神似。經過克莉絲蒂的大幅修改後，原文變得俐落多了，自省的部分也減少了。為了故事中兩個女人的角色發展，她刪減了愛拉葛的來世部分，加強了梅西的角色。類似的主題在另一個早期故事〈翅膀的呼喚〉中也有所著墨。這個故事收集在一九三三年的《死亡之犬》。

一九三八年的時候，克莉絲蒂憶起〈美麗的房屋〉時，曾表示雖然「構思有趣，但下筆極端厭煩」，不過既然種子已經播下了：「我愈來愈喜歡這個娛樂消遣。當我有空的日子，沒什麼事做的時候，我就想個故事。通常是悲劇的結局，有時再加上超高的道德情操。」有一個住在達特穆爾的鄰居——知名小說家伊登·菲利波茲——是克莉絲蒂（當時的名字是叫作阿嘉莎·米勒）家的世交，他對她鼓勵有加。不但對她的作品提出建議，而且還推薦用詞行文頗能勵志的名家作品給她。後來，當她的名氣早已遠超過他時，克莉絲蒂提及菲利波茲是怎麼圓融地維護一個年輕作家非常需要的信心……「他只鼓勵，不批評。他的諒解真令我感到驚異。」菲利波茲一九六〇年過世的時候，她寫道：「對一個剛出道的年輕女作家的提攜，他的恩情我永遠也感激不盡。」

1 賓森（E.F. Benson,1867-1940），英籍驚悚小說家。

02

女伶

While the Light Lasts

劇院後座第四排的位置上，一名衣衫襤褸的男子傾著身子瞇著眼睛，一臉不可置信地凝望舞台，眼神猥瑣而狡詐。

「南西・泰勒！」他喃喃自語道，「天啊，竟然是小南西！」

男子將眼神轉至手中的節目單上，其中一個姓名的字體較其他人的名字略大。

「奧佳・詩多曼！原來她叫這名字，夢想當大明星啊，小姐？你一定賺了不少錢吧？我敢說你都快忘了自己原來叫南西・泰勒。等我傑克・李威拆穿你真正的身分時，看你怎麼說。」

第一幕結束，布幕垂落，觀眾的掌聲響徹劇院。短短幾年內快速竄紅的一線女星奧佳・詩多曼，再度以《復仇天使》的「柯拉」一角征服觀眾。

傑克・李威並未隨群眾鼓掌，他嘴角緩緩拉出一抹得意的笑，天啊！他真走運！就在走投無路的時候，碰到這隻肥羊。他想，女星一定會設法隱瞞，可惜她騙不了他。這事若好好盤算，將成為取之不盡的金礦啊！

§

翌日早晨，傑克・李威展開挖金計畫的第一步行動。奧佳・詩多曼在垂著漆紅色及黑色布幔的客廳裡，反覆仔細閱讀一封信，她白皙而表情豐富的漂亮臉孔比平日略顯僵硬，眉頭下一雙灰綠色的眼眸定定望著前方，彷彿在思索信件背後暗藏的脅迫。

奧佳用她極具情緒穿透力、清脆好聽的聲音喊道：「瓊絲小姐！」

一名戴眼鏡、打扮鮮潔的年輕女子拿著速記本和筆，匆匆自隔壁房間走來。

「麻煩你打電話給戴納漢先生，請他立刻過來。」

席德．戴納漢是奧佳的經紀人，他的工作就是安撫奧佳反覆無常的藝術家脾氣，或哄或騙或威嚇或三管齊下地應付她，這就是戴納漢的日常工作。戴納漢像平時一樣走進房間，看到奧佳一臉平靜，只是將紙條遞過桌面拿給他。戴納漢鬆了口氣。

「唸唸看。」

廉價的信紙上，是沒受過什麼教育的人寫的鬼畫符。

親愛的夫人：

我很喜歡你昨天晚上演的《復仇天使》。我想我們有一位共同的朋友南西．泰勒小姐，她以前住在芝加哥。不久，會有一篇和她有關的文章登出來，如果你想討論這件事，等你有空，我願隨時拜訪。

傑克．李威　敬上

戴納漢不甚進入狀況。

「我不明白，南西．泰勒是誰？」

「一個死了比活著好的女孩，老戴。」奧佳聲音中的痛苦與疲累，洩漏出她三十四歲的芳齡。「打從這個吃人不吐骨頭的傢伙出現後，那女孩才又活了過來。」

「噢，那麼……」

「是的，老戴，就是我。」

「對方當然是想勒索囉？」

她點點頭。

「那當然，而且此人還是箇中高手。」

戴納漢皺著眉頭，思索再三。奧佳將臉枕在纖長的手臂上，用深不可測的眼神瞅著戴納漢。

「抵賴，否認一切如何？他沒法確定吧，也許只是長相相似而已。」

奧佳搖搖頭。

「李威靠勒贖女人過活，他很篤定。」

「報警呢？」戴納漢不太肯定地提議道。

奧佳冷笑以對，她的自持實則包含著不耐。魯鈍的老戴想得到的法子，冰雪聰明的她老早全想過了，儘管戴納漢並未覺察這一點。

「你該不會……嗯……該不會覺得，呃……想和理查爵士講吧？他說不定不太能接受。」

幾星期前，奧佳與理查．艾維德爵士訂婚的消息才剛宣布。

「理查向我求婚時，我已經把一切告訴他了。」

「啊，你這麼做真是太高明了！」戴納漢讚嘆道。

奧佳淺淺一笑。

「這不算高明，老戴，你不會懂的，而且萬一這個叫李威的人照他說的去做，我就完了，理查的政治生涯亦將連帶遭殃。不行，就我所知，只有兩個辦法。」

「什麼辦法？」

「給錢……那當然是無底洞了！或者一走了之，從頭來過。」

她的聲音透露出掩不住的疲累感。

「我根本沒做過任何壞事，老戴，我曾是個飢寒交迫、苦苦求生的貧童。我用槍射死一名男子，一個活該被殺的禽獸，世上沒有一位陪審員會因為我在那種情況下殺人而判我罪。現在我是明白了，然而當時我只是個驚惶失措的孩子……所以……我逃了。」

戴納漢點點頭。

「我想，」他遲疑地說，「我們手上沒有李威的把柄吧？」

奧佳搖搖頭。

「不太可能，那人是孬種，不敢幹壞事。」她似乎為自己的話感到震懾。「一個孬種。難道我們真的找不出辦法整治這種人嗎？」

「如果讓理查爵士出面威脅他呢？」戴納漢建議說。

「理查太斯文了，對付這種無賴，不能和他說道理。」

「那麼讓我去見他吧。」

「請恕我這麼說，老戴，可惜你也不適合。我們需要的是介於武力與勸說的辦法，就算是剛柔並用吧！也就是說，得女人出面！是的，我想這件事應該交給女人去辦，一個略具手腕、吃過苦、知道何謂苦日子的女人。例如，奧佳．詩多曼！別和我說話，我快要想到辦法了。」

奧佳掩著臉，身體前傾，然後猛地抬頭。

「那個想當我的預備演員的女孩叫什麼名字？瑪格麗．萊恩嗎？頭髮和我長得很像的那位？」

「她的頭髮是很漂亮，」戴納漢看著奧佳金銅色的秀髮，勉強承認地說，「你說得沒錯，她的頭髮和你很像，可是其他方面都不行，我正打算下星期將她解雇呢。」

「如果事情進行順利的話，也許你得讓她當『柯拉』的預備演員。」奧佳揮揮手，否決戴納漢的抗議。「老戴，你老實回答我一個問題，你覺得我會演戲嗎？真的會演戲嗎？或者我只是一個穿著華服的花瓶而已？」

「演戲？我的天哪！奧佳，放眼當今，還有誰演得過你！」

「如果我沒看錯李威這個孬種，這辦法應該可以奏效。不，我不會把我的計畫告訴你，麻煩你去找那女孩過來，告訴她我對她有興趣，請她明晚過來用餐，她一定會趕過來。」

「我想也是！」

「另外還有一件事，幫我弄點能讓人昏迷一、兩個小時，但第二天不會產生副作用的強效迷藥。」

戴納漢笑了。

「我不敢保證我們的朋友不會頭痛，但絕不會造成永久傷害就是了。」

「很好，快去吧，老戴，其他的事就交給我了。」她揚聲喊道：「瓊絲小姐！」

戴眼鏡的瓊絲小姐像往常一樣跑進來。

「麻煩你幫我記下來。」

奧佳慢慢踱著步子，口述當天的回信，只留一封親自回覆。

傑克．李威在陰暗的房間裡，邊撕開期待已久的來信，邊咧嘴而笑。

敬啟者：

對於你所說的女士，鄙人並無印象，然而我遇人繁眾，記憶或許不甚精確。我一向樂於幫助同業，你若能於今晚九點到寒舍造訪，我會在家等候。

奧佳．詩多曼　敬上

李威心滿意足地點點頭，這信答得真妙！她什麼都沒承認，不過卻願意談判，金礦就快掘到了。

§

九點整，李威站在奧佳公寓門口按門鈴。沒人應門。李威正打算再度按鈴時，發現大門其實沒上門。他推開門走進大廳，右手邊有扇門敞開著，進去便是一間燈火通明、以紅黑雙色裝飾的房間。李威走進去，只見桌燈下放了張紙，紙上寫道：

請等我回來——奧佳．詩多曼

李威坐下等候，不安的感覺漸漸浮上心頭，公寓裡靜得出奇，靜到令人發毛。不會有事的，當然啦，能有什麼事嘛？房裡一片死寂，然而儘管了無聲息，李威卻荒謬地覺得房裡並不只他一個人，這太詭異了！他拭去眉上的汗珠，那感覺卻愈來愈強烈，他真的不是一個人！李威咕噥地罵了幾聲，跳起來開始四處走動。那女的待會兒就回來了，到時候……

李威停住哀叫一聲，窗邊的黑絨布幔下竟然露出一隻手！李威彎身觸摸，冷的——冷得發冰——那是隻死人的手。

李威大叫一聲掀開布幔，赫見一名女子躺在地上。她面部朝下，一隻手攤開，另一隻則折在身體下，女子金銅色的頭髮凌亂地散放在頸項間。

是奧佳．詩多曼！李威手指發顫地抓著她冰涼的手腕，觸摸她脈搏，果然沒有搏動，她死了。奧佳用最簡單的方法逃開他了。

李威突然看見一條紅繩，繩子兩端精美的繐子半藏在死者髮間。李威小心翼翼地去摸那繐子，死者頭部因此垂轉過來，露出醬紫色的恐怖面容。李威驚叫著往後跳開，一時間昏頭脹腦。他弄不清楚這裡到底發生什麼事，剛才對死者的驚鴻一瞥似乎告訴他一件事……這是謀殺，不是自裁。那女人是被勒死的，而且她不是奧佳．詩多曼！

啊！那是什麼？背後傳來沙沙聲響，李威迅速轉過身，和一名縮在牆邊、滿面驚疑的女僕面對面撞個正著。女僕臉色煞白，有如身上的白圍裙白帽。李威不懂她為什麼會如此驚駭，直到對方勉強開口說話後，李威才明白自己的處境。

「天哪！你把她殺死了！」

即便在此時，李威還搞不清狀況地回答說：「沒有，沒有，我發現她的時候，她已經死了。」

「我看到你動手的！你用繩子把她勒死的，我聽到她掙扎呼叫。」

李威汗沁如豆，飛快想著幾分鐘前的情形，女僕一定是在他檢視繩索兩端時進來的。她看到死者頭一軟，而且誤把李威的叫聲當成受害者的呼救。李威驚惶失措地望著女僕，從她臉上看到如假包換的驚懼與錯愕，她一定會和警方說她目睹謀殺的過程。李威相信就算警方再怎麼盤問，她也絕不會改口，必然會咬定自己句句實言，李威這條老命看來就要葬送在她嘴裡了。

怎麼會發生一連串意外的恐怖狀況呢？等一等，難道這真的是意外嗎？該不會是陰謀吧？李威緊盯著女僕，突然說道：「死者不是你們家女主人，你知道吧？」

女僕的回答解釋了眼前的疑團。

「是的，她是夫人的演員朋友……如果看過她們大打出手，還能稱她們是朋友的話。她們今晚就吵了一架，而且還動刀動槍的。」

這是陷阱！李威這下子明白了。

「你們家夫人呢？」

「十分鐘前出門了。」

陷阱！而他卻像頭肥羊般自己送上門來，好個奸詐狡猾的奧佳．詩多曼，她金蟬脫殼，卻害他羊入虎口。謀殺罪！天哪，殺人是要被絞死的！但他是無辜的……無辜的呀！

一陣輕悄悄的沙沙聲將李威喚醒，女僕正躡手躡腳地朝門口溜去，她已經回過神，正用眼睛瞄著電話，然後又去看門。李威必須設法封住她的嘴，這是唯一的辦法。女僕沒有武器，他也沒有，但是他有一雙手！李威心頭猛然一跳，就在女僕身邊桌上——幾乎就在她手下——擺了一把鑲著寶石的手槍，如果他能先拿到槍的話……

不知是出於直覺或懾於李威的眼神，女僕起了戒心。李威才剛跳起來，女僕便抓起槍，直指李威胸膛。女僕握槍的姿勢固然可笑，但手指確實擺在扳機上，而且這種距離很難射不中。李威絲毫不敢動彈，奧佳．詩多曼這種人的槍應該都是上好膛的吧。

不過問題是，女僕並未直接擋在他和門口之間，只要他不出手攻擊，對方也許不敢放膽開槍，反正他必須冒點險就是了。李威繞過去衝向門口，越過大廳，奔出大門，用力將門甩上。他聽見女僕顫聲低喊：「報警啊，殺人啦！」女僕蚊子般的聲音只怕不會有人聽見。總之，李威算是占了上風，他衝下階梯，跑過大街，然後放緩步子，像普通行人一樣地徐行走過街角。他已經做好盤算，盡快逃到格雷夫森[2]，今晚再從那邊乘船逃到天涯海角。他認識船長，那位船長不會東探西問，一旦上船出海，他就安全了。

§

十一點，戴納漢的電話鈴聲響了起來，奧佳．詩多曼的聲音說道：「麻煩你幫萊恩小姐準備一份合約，簽她當『柯拉』的預備演員，這事你不必再和我吵了，今晚的事，我欠她一個人情！什麼？是的，我想我的問題已經解決了。對了，如果她明天告訴你，說我這個熱心的巫師讓她陷入昏迷，你可別表示訝異。怎麼辦到的？在咖啡裡下迷藥，再加上一些科學手法呀！我等她昏睡後，在她臉上塗油性紫色顏料，並在她左臂綁止血帶！不明白？明天早上你就會明白了。我現在沒時間和你解釋，我得趁女僕看完戲回來前把帽子圍裙換掉，她說今晚有場『好戲』，可惜她錯過最棒的一齣戲了。今晚我做了最精湛的演出，老戴，我那剛柔並用的辦法奏效了！傑克．李威確實是個孬種，噢，老戴呀老戴……而我，畢竟是名演員哪！」

後記

一九二三年五月，〈女伶〉以「愚人陷阱」的標題，首次刊登於《小說雜誌》上面，並且於一九九〇年紀念克莉絲蒂百年壽誕的小冊子中，再次以同一個標題出版。

本故事展現了克莉絲蒂卓越的小說技巧。她善於擷取特定的情節設計反覆呈現，以同樣形式不同角度，或是以細膩迂迴變化的手法為讀者製造懸疑。〈女伶〉中的手法也出現在其他幾篇故事裡，最明顯的例子莫過於收錄在一九三二年的《十三個難題》中的〈班格樓事件〉，以及一九四一年的小說《豔陽下的謀殺案》等作品。

本篇故篇讓我們想到克莉絲蒂也是英國最成功的劇作家之一，雖然她的首部劇作從未獲得演出……克莉絲蒂表示，那是一齣「極度陰鬱的劇本，若我沒記錯的話，和亂倫有關」。她自己的最愛是一九五三年的《原告的證人》，然而一九五二年的《捕鼠器》無疑是她

2 格雷夫森（Gravesend），英格蘭肯特郡西北部港市。

最具知名度的劇本，即使過了近半世紀後依然在倫敦上演。《捕鼠器》的劇情以凶手欺騙潛在受害者為主軸，劇情張力全仰賴作者對觀眾反應及觀戲過程的敏銳觀察與精準操控。《捕鼠器》在倫敦上演後，《泰晤士報》評論家認為「該劇充分呼應了各種特殊的戲劇需求，令人激賞」，任何看過或仔細研讀過《捕鼠器》的人都很清楚，這部作品確實有其成功之處，或者更正確的說，該劇成功地令人猜錯駭人的結局。

03

危崖

While the Light Lasts

克萊兒．海威爾走在小屋通往大門的短徑上，她手上掛著籃子，籃裡有一罐湯、少許自製的果醬和葡萄。達米安小村裡的窮人雖少，卻受到殷切的照顧，而克萊兒又是教區工作人員中最幹練的一位。

克萊兒三十二歲，身材高碩，膚色健康，還有一雙美麗的棕色眼睛。她不算漂亮，但十分耐看順眼，非常具有英國風味，每個人都喜歡善良的克萊兒。自從兩年前母親去世後，克萊兒就獨自和愛犬羅肥住在小屋裡。克萊兒飼養雞鴨，十分喜愛動物及健康的戶外生活。

克萊兒上門閂時，一輛雙人座車從旁邊飛馳而過，開車的女孩戴著紅帽，揮手向她招呼。克萊兒也揮手答禮，然後抿緊嘴唇，心中突然一痛。每當她看見葛瑞德的妻子薇葳安時，反應總是會這樣。

麥達罕莊園位於村外一哩處，葛瑞德家幾代以來都住在那裡。葛瑞德爵士是莊園現任主人，他比實際年齡老氣，而且是公認的不苟言笑。葛瑞德的拘謹其實掩飾了他的害羞。他和克萊兒是兒時玩伴，後來成為朋友，眾人頗看好兩人的關係發展……其中當然也包括了克萊兒自己。然而此事急不得也……不過總有一天……克萊兒將這事擱在心裡，期待這一天到來。

約莫一年前，葛瑞德爵士與哈波小姐結婚的消息傳出時，舉村譁然，沒人聽過有這麼一位小姐存在！

新婚的葛瑞德夫人在村中人緣甚差，她對教區的事務毫無興趣，覺得打獵非常無聊，又討厭鄉間及戶外活動，令許多自以為是的地方人士大搖其頭，而且不看好他們的婚姻。葛瑞德爵士會一時糊塗不是沒有道理的，因為薇葳安是位美女，從頭至腳與克萊兒恰成反比，她嬌小輕盈、甜美秀氣，金紅色的頭髮捲在一對漂亮的耳朵上，還有一對電死人不償命的湛藍媚眼。

神經大條的葛瑞德巴望嬌妻和克萊兒能成為好友，便常邀克萊兒到莊園用餐。每次兩人相遇時，薇葳安總能佯裝得狀甚親密，就像今早向克萊兒愉快地打招呼一樣。

克萊兒繼續辦她的雜事，沒想到牧師也去探望同一名老婦。探訪完畢後，牧師和克萊兒一起走了一小段路，兩人才準備分手。他們站著討論一會兒教區的事務。

「瓊斯又酗酒了。」牧師說，「他自願發誓戒酒時，我曾對他抱持滿高的期望。」

「真令人厭惡。」克萊兒不假辭色地說。

「好像是吧，」牧師表示，「不過別忘了，我們感同身受地體會他所受的誘惑。我們很難了解酒癮是怎麼回事，不過我們都有受到誘惑的時候，屆時我們應該就能體會了。」

「大概是吧。」克萊兒遲疑地說。

牧師瞄她一眼。

「有些人運氣好，極少受到蠱惑，」他溫和地說，「然而，即使是這些人，也有克制不住的時候。記住了，要警惕，要祈禱，這樣就不會受到引誘了。」

牧師道別之後離去，克萊兒則繼續若有所思地走著。不久之後，她幾乎一頭撞在葛瑞德爵士身上。

「哈囉，克萊兒，我正希望能遇見你呢，你看起來很有精神，氣色很好呀。」

一分鐘前，她的氣色還沒那麼好。葛瑞德繼續說道：「我正希望能遇見你，薇葳安這個週末必須去伯恩茅斯，她母親病了。今晚的聚餐能不能改到星期二？」

「噢，可以啊！星期二也行。」

「沒問題嗎？太好了，我得趕路去了。」

克萊兒回家時，發現家裡的忠僕正站在門口找她。

「你回來啦，小姐，出了好大的事呀，我們把羅肥帶回來了，牠今早自個兒跑掉，被車撞上了。」

克萊兒衝到愛犬身邊。她喜愛動物，而羅肥又是她最寵愛的一隻狗。克萊兒輪番摸著羅肥的四肢，然後撫摸狗兒身體，羅肥低哼幾聲，舔著克萊兒的手。

「就算有受到重傷，也應該是內傷才對。」克萊兒最後說，「看起來骨頭沒斷。」

「要不要找獸醫過來看看，小姐？」

克萊兒搖搖頭，她實在不信任本地的獸醫。

「等明天再看看吧，羅肥好像疼得不厲害，牙齦的顏色看起來也正常，所以應該沒有內出血才對。明天我看情形再說，如果實在不行，再開車帶牠到史基平頓請李維斯看看，他絕對是最棒的醫生。」

§

第二天，羅肥似乎變得更虛弱了，克萊兒立刻動身。史基平頓是四十哩外的小鎮，距離雖遠，但小鎮的獸醫李維斯卻是方圓百里的名醫。

李維斯診斷羅肥受了內傷，不過復原有望，克萊兒便放心地將愛犬交給醫生照顧，獨自離去了。

史基平頓只有一間旅館「縣城小棧」。由於史基平頓附近沒有理想的打獵地點，而且客棧也未居幹道旁邊，因此顧客多為商旅。

午餐得一點才開動，由於時間還差幾分鐘，克萊兒便翻閱訪客簽名簿以自娛。

她突然發出一聲低呼，那龍飛鳳舞的字跡她認得，沒錯，她可以發誓……但是，這怎麼可能呢？薇葳安現在不是在伯恩茅斯嗎？登錄簿上寫的根本不可能嘛——西里爾．布朗先生及夫人，倫敦。

然而，克萊兒還是忍不住不瞄著那飄逸的字體，她一時興起，貿然找了辦公室裡的女職員問道：「有位西里爾．布朗夫人是嗎？不知道會不會是我認識的那位？」

「她個子小小的，紅頭髮？長得很漂亮哦，夫人。她來的時候開著紅色雙人座車。」是她沒錯！不可能是巧合。克萊兒彷彿置身夢中，她聽見女職員接著說：「他們一個月前來這裡度週末，兩個人都很喜歡這裡，所以又回來了。我想他們大概剛新婚吧。」

克萊兒聽見自己回答：「謝謝你，我想那不是我的朋友。」她的聲音聽來相當冷漠，彷彿來自別人口中。不久之後，克萊兒坐在餐廳裡靜靜吃著涼掉的烤牛肉，心緒糾結成一團。

克萊兒心中再無疑慮，她第一次見到薇葳安時，就料準她不是貞節烈婦，只是不知那男的是誰？是薇葳安婚前認識的人嗎？很有可能——不過無所謂——反正不關她的事，但是葛瑞德呢？

她該如何面對葛瑞德？葛瑞德應該知道……他當然有權知道，她有責任跟他說清楚。雖然是意外撞見薇葳安的私情，但她應該盡快將事實告知葛瑞德，她是葛瑞德的朋友，卻不是薇葳安的朋友呀。

總之克萊兒就是不舒坦，覺得良心上有些過不去。表面上她有冠冕的理由，但自己究竟是基於責任還是幸災樂禍，這就不得而知了。她承認自己並不喜歡薇葳安，何況葛瑞德若想將妻子休掉——克萊兒很篤定他會這麼做，因為他極端重視榮譽——這麼一來，克萊兒就很有機會了。克萊兒對這種做法相當猶豫，這樣似乎太露骨、太惡劣了。

克萊兒無法釐清自己的動機，因為其中夾纏了太多個人因素，這名善良的女子苦思自己的職責權限，希望把事情做對，這也是她一向的自許。這件事對在哪裡？又錯在何處？

克萊兒無意間發現一個祕密，這祕密對她鍾愛的男子與討厭的女人——坦白說，是一個令她嫉妒得發狂的女人……可以說是影響深遠。她可以藉此毀掉那個女的，但她有權力這樣做嗎？

克萊兒向來盡可能避開村裡的蜚短流長，現在的她也不想變成討厭的三姑六婆。

克萊兒突然想起牧師那天早上說的話：「即使是正直的人，也有受到誘惑的時候。」

莫非這次輪到她了？這就是她所面臨的誘惑？是誘惑她狡猾地披上責任的糖衣嗎？她是基督徒克萊兒呀，對所有人均抱持關愛與慈悲……然而她也是個女人，就算她要對葛瑞德揭發真相，也必須出於客觀動機才行。目前，她暫時不打算張揚出去。

克萊兒付過飯錢後駕車離去，心情輕鬆無比。她真的覺得長久以來沒這麼快樂過，慶幸自己有抗拒誘惑的力量，未做出莽撞或下流的事情來。克萊兒突然想到，或許是這種力量讓她如此愉快吧，但她並不覺得這樣有多了不起。

§

週二晚上之前，克萊兒更痛下決心閉口不談那件事，她必須保持緘默，因為她對葛瑞德的暗戀情愫使她無法開口，也許這只是一種好聽的藉口說辭吧，但她也只能這麼想了。

克萊兒駕著小車來到莊園，葛瑞德爵士的司機已經在門口等候，待克萊兒下車後幫她把車開進車庫，因為這是個飄雨的夜晚。司機才剛將車子開走，克萊兒突然想到自己帶了幾本書要還，便出聲呼喊，可惜司機聽不到，只得任由管家跑去追車。

於是有一兩分鐘的時間，克萊兒獨自待在門廊近客廳入口處。由於管家剛剛開了門，正打算通知客人到來時就跑去追車了，因此客廳裡的人並不知道克萊兒已經抵達。克萊兒聽見薇葳安尖著嗓門——不是很有教養——一字一句地說：「噢，我們只是在等克萊兒而已啦，你們一定認識她，她住在村子裡，號稱是本地美女，但老實說，長得一點也不怎麼樣，她追葛瑞德追得好緊哪，可惜人家不領情。

「噢，真的嘛，親愛的。」她對低聲抗議的老公說道，「她有啊，也許你沒發現……不過她確實卯足了勁。可憐的老克萊兒！好人一個，卻沒人要！」

克萊兒鐵青著臉，雙手因憤怒而握得死緊。在那一刻，她真想殺了薇葳安，然而憑著驚人的克制力，加上知道自己擁有懲治薇葳安的力量，克萊兒畢竟恢復了鎮靜。

管家拿著書本返回後，開門宣告克萊兒已到，接著克萊兒以平時的和顏悅色與一屋子人打招呼。

薇葳安手姿綽約地穿了一襲酒紅色的衣服，吹彈即破的白皙肌膚展現無遺，看來格外冶豔。眾人只是淡淡看了克萊兒幾眼，大美人薇葳安說她想學高爾夫，克萊兒只好奉陪。

葛瑞德非常體貼溫柔，他雖沒猜到克萊兒聽見了妻子的辱言，但還是想做點補償。葛瑞德很喜歡克萊兒，不希望薇葳安講那種話。他和克萊兒向來僅止於友情……就算他懷疑自己是刻意否認薇葳安的說法，但也不願多想。

晚飯後，話題轉到狗的身上，克萊兒談到羅肥的意外事故，她故意停頓一下，然後說：「所以星期六那天，我就帶牠到史基平頓。」

她聽見薇葳安的咖啡杯在盤子裡顫動了一下，卻沒有——還沒有——正眼瞧她。

「去找李維斯嗎？」

「是啊。我想羅肥應該會好起來，後來我在縣城小棧吃午飯，那客棧滿不錯的。」現在她轉頭對薇葳安說了，「你在那邊住過嗎？」

就算她心中有任何疑慮，這下子全撇清了。薇葳安立刻顫聲地匆匆答道：「我？噢，沒……沒有，沒有。」

她驚懼地張大深色的眼眸，張皇地看著克萊兒。克萊兒不動聲色，平心靜氣地打量對方，沒人猜出她的眼神下蘊藏了多少得意。那一瞬間，克萊兒幾乎要原諒薇葳安的攻訐。那種權力在握、將薇葳安握在手掌心的滋味，真是令她醺醺然。

第二天，克萊兒收到薇葳安的信，請她過去私下一起喝午茶。克萊兒拒絕了。

接著，薇葳安挑克萊兒應該在家的時刻，特意前來拜訪她兩次。第一次，克萊兒真的出門了；第二回，則是瞥見薇葳安出現在小徑時，便從後門溜掉。

「她還不確定我是否知情，」克萊兒心想，「她想探我的口風，但不行，我得等準備好再見她。」

克萊兒不太清楚自己在等什麼，她決定保持沉默……那是唯一光明正大的做法。當她想起薇葳安的侮辱時，格外覺得自己仁厚，若是換作意志力較薄弱的人，無意中聽到薇葳安背地裡放的冷槍，很可能就說出去了。

星期日，克萊兒去了教堂兩次，第一次是參加團體聚會。會後她覺得更堅定更開心了，個人的情緒不再成為她的心頭負擔，她知道自己並不惡毒。克萊兒又參加了上午的禮拜，牧師談到著名的法利賽人[3]祈禱文，表示善良的好人是教會的中流砥柱，接著又談到傲慢之心如何侵蝕扭曲人性。

克萊兒並未專心聽講。薇葳安和家人坐在一起。克萊兒本能地預測對方會來找她。

薇葳安果真找到了克萊兒，陪同她一起走回家，並問到能否進屋裡坐一下。克萊兒自然同意了，兩人坐在克萊兒布滿鮮花和舊式棉布的小客廳裡，薇葳安的話既不連貫又非常急切。

「你知道，上個週末我人在伯恩茅斯。」她很快地說。

兩人互望一眼，薇葳安今天看來頗為醜陋，那狡猾刁鑽的神情大大減損了她的魅力。

「你在史基平頓的時候……」薇葳安開口說。

「我在史基平頓的時候怎麼了？」克萊兒客氣地重述她的話。

「你提到那邊某間小客棧。」

「縣城小棧，是啊，你不是說你不知道這間客棧嗎？」

「我……我去過那邊一次。」

「哦！」

她只需默默等候就成了。薇葳安受不了壓力，身子突然向前一傾，情緒就此崩潰，她激動地說：「你不喜歡我，你從來就不喜歡我，你一向恨我，現在你得意了吧，像貓逗老鼠一樣地耍我，你好殘忍……好殘忍啊。我就是這樣才怕你呀，因為你其實是個殘酷的人。」

「你別亂說話，薇葳安！」克萊兒立刻駁斥道。

「你知道，對吧？是的，我看得出來你曉得。你那天晚上就知道了，你談到史基平頓時

3 猶太教中墨守傳統禮儀的法利賽教派。

就發現了。我想知道你打算怎麼做？你到底想怎樣？」

克萊兒沉默了一分鐘，接著薇葳安站起來。

「你想怎麼樣？我一定得知道，你不否認自己知道一切吧？」

「我無意否認任何事。」克萊兒冷冷地說。

「那天你看見我在那裡了？」

「沒有。我看到你簽名簿上的字跡——西里爾．布朗先生與夫人。」

薇葳安臉色脹得通紅。

克萊兒平靜地繼續說：「然後我問了些問題，發現那個週末你並未去伯恩茅斯，你母親沒找你去，而且之前的六個星期，也發生過同樣的事。」

薇葳安跌回沙發，像受驚的孩子一樣痛哭失聲。

「你打算怎麼辦？」她喘著氣說，「你會告訴葛瑞德嗎？」

「我還不知道。」克萊兒說。

她覺得非常平靜，有著大局在握的從容。

薇葳安坐起來，撩開額前的紅髮。

「想不想聽事情的緣由？」

「好啊。」

薇葳安無所隱瞞地托出全盤經過。西里爾．布朗本名西里爾．哈瓦藍，是位年輕的工程師，兩人原本訂有婚約。後來西里爾生病失業，二話不說地拋棄身無分文的薇葳安，娶了一名長自己好幾歲的有錢寡婦，而薇葳安也在不久後嫁給葛瑞德。

她與西里爾意外相逢，自此再續前緣。由於有老婆財援，西里爾的事業蒸蒸日上，成為知名人士。這是個充斥著幽會、謊言與欺騙的可恥故事。

「我好愛他呀。」薇葳安一再哭訴，每次她這麼說，克萊兒就覺得作噁。

薇葳安終於結束支離破碎的口述，她不好意思地低聲問：「你覺得呢？」

「你是問我打算怎麼做嗎？」克萊兒問，「我沒辦法告訴你，我得花點時間想清楚。」

「你不會向葛瑞德告發我吧？」

「也許我有責任這麼做。」

「不，不行啊。」薇葳安歇斯底里地尖聲說，「他會休了我，我的話他一個字也不會聽，他會到客棧查證，西里爾也會被拖下水，那麼他老婆就會和他離婚，所有的一切——他的事業、他的健康——全都完了，他又會變得一文不名。西里爾絕不會原諒我，永遠不會。」

「很抱歉，」克萊兒說，「我並不在乎你的西里爾。」

薇葳安不予理會。

「我跟你說，他會恨我……會恨死我的。我受不了，求你別告訴葛瑞德，你要我做什麼都行，就是別告訴葛瑞德。」

「我需要時間決定，」克萊兒正色道，「現在我無法做任何保證，而這段時間，你和西里爾絕不能再碰面。」

「不，不會的，我們不會再碰面，我發誓。」

「等我知道該怎麼做時，我會通知你。」克萊兒說。

她站起來，薇葳安偷偷摸摸地從她家溜走，還不時回頭張望。

克萊兒嫌惡地皺皺鼻子，真是一場爛攤子，薇葳安會信守承諾不與西里爾見面嗎？也許不會吧，她的個性怯懦，根本無一長處。

當天下午，克萊兒散步了很久。高地邊有條小徑，左邊的綠坡緩緩延伸至下方海洋，小徑則沿坡蜿蜒而上。本地人稱這段路為「危崖」，雖然留在小徑上滿安全的，然而一離開路面就危險了，那些緩坡地勢難測，相當不安全，克萊兒就曾在那邊掉過一隻狗。那狗兒跑過平滑的草地後速度加快，結果一時煞不住衝出懸崖，在下面的礫石上摔得粉碎。

午後的天氣清爽明麗，下方遠處海濤湧動，浪聲輕擊。克萊兒坐在一小片綠地上，凝視著湛藍的海洋。她必須對這件事表態，她到底打算怎麼做？

克萊兒嫌惡地想到薇葳安，那女孩怎麼如此不堪，如此怯弱！令她十分不齒，薇葳安實在太沒勇氣……太……太孬了。

然而儘管討厭薇葳安，克萊兒還是決定暫時不揭發她。克萊兒回到家後，寫了封信給薇葳安，表示決定暫時保持緘默，但不永遠保證。

小村生活如常進行，但大家都注意到葛瑞德夫人變憔悴了，而相反的，克萊兒則滿面春風，她的眼睛變得更明亮，頭抬得更高，儀態也愈發有自信了。她和葛瑞德夫人經常碰面，大家發現兩人見面時，年輕的葛瑞德夫人極端在意克萊兒的一言一語。

有時克萊兒會說出一些曖昧不明、與話題不甚相關的話。譬如她會忽然說，最近對事情的看法有所改變，覺得小事可以徹底改變一個人的觀感，人常會因同情而做太多讓步，其實這是錯的。

當她說出這樣的話時，常用奇怪的眼神盯著葛瑞德夫人，後者的臉色也一下變得雪白而神色驚惶。然而隨著時間流逝，這些微妙的互動也變得較不明顯了，克萊兒繼續說著同樣的話，但薇葳安似乎不再大受影響，也開始回復往日的神采與愉快心情了。

§

一天早上，克萊兒遛狗時在小路上遇見葛瑞德，葛瑞德的狗和羅肥玩成一團，兩人也聊了起來。

「聽到我們的消息了嗎？」葛瑞德輕鬆地問道，「我想薇葳安應該有告訴你吧。」

「什麼消息？薇葳安沒特別和我提什麼呀？」

「我們要出國了……出去一年或更久。薇葳安受不了這裡，你知道，她從來沒喜歡過這裡。」葛瑞德嘆口氣，看來有些難過，因為他很以家為榮。「我答應過她換個環境，我在阿爾吉爾[4]附近買了別墅，那地方很棒哦。」他不太自在地笑笑說，「很像二度蜜月吧？」

克萊兒一時間說不出話來，喉嚨像哽住了似的。她彷彿見到別墅的白牆、橘子樹、聞到南方溫柔的氣息……二度蜜月！

他們要逃開了，薇葳安不再吃她那一套了，她想走得遠遠的，從此逍遙境外。

克萊兒聽見自己用粗啞的聲音表示祝福。太棒了！她真羨慕！

幸好此時，羅肥和葛瑞德的狗吵了起來，混亂中兩人也不可能再繼續談下去。

當天下午，克萊兒坐下來寫封短信給薇葳安，請她第二天到危崖會面，有重要事想對她說。

§

第二天早上，天高雲闊，克萊兒心情愉快地來到危崖。多美好的日子！她很高興已經決定在朗朗青天下，而不是在自己沉悶無趣的房間裡，把該講的話說出來。她為薇葳安感到遺憾，真的非常遺憾，但該做的還是得做。

克萊兒看到一個黃色的小點，像朵花似的綴在路邊。再走近些，克萊兒看出那是薇葳安的身影，她穿了一件黃色針織上衣，坐在草地上，雙手緊掐住膝蓋。

「早安。」克萊兒說，「今早天氣真好，不是嗎？」

「是嗎？」薇葳安說，「我沒注意，你想和我說什麼？」

克萊兒在薇葳安身邊的草地上坐下來。

「我快喘不過氣了，」她歉然說道，「上坡的路好陡。」

「去你的！」薇葳安尖聲罵道，「你幹嘛不說出來，你這個菩薩臉蛇蠍肚的惡魔，卻偏要這樣折磨我？」

克萊兒一臉驚詫，薇葳安立刻語氣一軟。

「我不是那個意思，對不起，克萊兒，我真的很抱歉，只是——我實在太緊張了，而你坐在這裡談天氣——實在讓我受不了。」

4　阿爾吉爾（Alger）是阿爾及利亞的首都。

「你若不小心一點，會精神崩潰的。」克萊兒冷冷地說。

薇葳安大笑出聲。

「你是說我會去跳崖嗎？不會的，我不是那種人，我絕對不會崩潰的。現在請告訴我……你究竟要我來做什麼？」

克萊兒沉默了一會兒，她避開薇葳安，定定地望著大海說：「為了公平起見，我想警告你，我無法再對去年發生的事保持緘默了。」

「你是說，你要把整件事告訴葛瑞德？」

「除非你親口告訴他，那就再好不過了。」

薇葳安放聲大笑。「你很清楚我沒勇氣。」

克萊兒未予駁斥，她早就見識過薇葳安的怯懦了。

「你去說最合適。」她重述道。

薇葳安再度爆出難聽的笑聲。

「我猜，是你的良心驅使你這麼做吧？」她冷笑道。

「你大概不太相信，」克萊兒靜靜表示，「不過事實確實如此。」

薇葳安垮著慘白的臉瞪著她。

「天啊！」她說，「我也很想相信你，可是你真以為理由是那樣嗎？」

「確實是那樣沒錯。」

「不，才不是，是的話你早說了……很早以前就說了。你為什麼不說？不，別回答我，我來告訴你吧。你很得意抓到我的小辮子……原因就在這裡。你喜歡把我吊在那邊，看我受苦。你故意說些模糊曖昧的話折磨我，讓我整日悽悽惶惶，你的伎倆確實有點用，不過後來我也習慣了。」

「你不習慣也得習慣。」克萊兒說。

「你看出來了，對吧？然而這樣，你還是不肯說，你想享受掌權的快感。可是現在我們要搬走，要從你身邊逃開了，甚至還會過著幸福快樂的日子……你再也無法嘗到甜頭了，良心也就自然醒了！」

她停下來，喘著氣。克萊兒仍然極端冷靜地說：「我無法阻止你胡說，但我可以向你保證，這些都不是真的。」

薇葳安突然轉身過來抓住克萊兒的手。

「克萊兒……看在老天的份上！我照你說的話去做了，我一直沒再犯錯，沒再見過西里爾一面，我發誓。」

「那和此事無關。」

「克萊兒……你難道一點同情心都沒有，一點悲憫之心都沒有嗎？我跪下來求你。」

「你自己去跟葛瑞德說吧，你若親口說出來，也許他會原諒你。」

薇葳安憤怒狂笑。

「你明知道葛瑞德不會原諒我，他會大發雷霆，採取報復手段，他會讓我痛苦，讓西里爾痛苦，我會受不了的。克萊兒，你聽我說，西里爾發明了一個東西——一種機器，我不懂，但這機器很可能會大大成功，他現在正在研發階段——當然是由他太太出資了。可是她疑心重又愛吃醋，萬一發現我們……葛瑞德若開始辦離婚，她一定會發現的，她就會拋棄西里爾，那麼西里爾的工作和所有一切也都毀了。」

「我才不在乎西里爾，」克萊兒說，「我在乎的是葛瑞德。你為什麼不替他想想？」

「克萊兒！我不在乎他呀……」薇葳安扭著手指頭。「我從來就沒愛過葛瑞德。既然都說了，我們就把話說開吧，但我確實愛西里爾。我承認自己是個徹頭徹尾的弱者，西里爾也是，但我對他的感情非常堅定，我願意為他死，你聽到了嗎？我願意為他死！」

「說得倒容易。」克萊兒嘲弄道。

「別把我逼急了，如果你繼續這樣惡搞，我會自殺的，一旦西里爾被扯出來、甚至被毀掉，我就會去自殺。」

克萊兒依然不為所動。

「你不相信？」薇葳安喘著氣說。

「自殺需要極大的勇氣。」

薇葳安像挨了一拳退後了幾步。

「你倒說中了，沒錯，我是沒有勇氣，如果有簡單的辦法……」

「你眼前沒有什麼簡單的辦法了，」克萊兒說，「你只能朝那道綠坡跑下去，幾分鐘後，事情就全都過去了。記得去年那個孩子嗎？」

「是的，」薇葳安若有所思地說，「很容易……相當容易，如果你真的想……」

克萊兒大笑。

薇葳安轉身面對她。

「我們再把話說一遍吧，你難道不明白，這件事隱瞞那麼久之後，你已經……你現在已經沒有權力再回頭去說了？我將來不會再見西里爾了，我會是葛瑞德的好妻子……我發誓一定會，或者你要我走開，永遠不再見葛瑞德？這樣也行，隨你喜歡怎麼樣，克萊兒……」

克萊兒站起來。

「我建議你，自己去跟你先生說……否則，我會去講。」

「我明白了，」薇葳安輕聲說，「既然這樣，我不能讓西里爾受苦……」

她站起來彷彿沉思了一兩分鐘，然後輕步跑下小路。薇葳安不停地越過小路，朝山坡直奔而下。途中薇葳安回頭輕輕對克萊兒揮手，然後像個孩子似的繼續輕快地奔跑，直到跑出視線外……

克萊兒呆立原地，突然間，她聽到一陣呼聲與狂叫，然後便是無邊的死寂。

克萊兒愣愣地沿小路走去，約莫一百碼外，一群往坡上爬的人停下來，望著某處指指點點，克萊兒跑過去加入人群裡。

「是啊，小姐，有人摔出懸崖，有兩個人下去看了。」

她在一旁等著，時間在此刻完全失去了準頭。

一名男子辛苦萬狀地爬上坡來，原來是穿著襯衫的牧師。他已把外套脫下來蓋在魂斷崖下的死者身上。

「太可怕了，」他慘綠著臉說，「應該是立刻死亡。」

他看見克萊兒，隨即朝她走過來。

「你一定嚇壞了，就我所知，你們兩人正在聊天吧？」克萊兒聽見自己機械地回答。是的，她們兩人剛分手。不，葛瑞德夫人的舉止看起來滿正常的。其中一人表示，夫人剛才放聲狂笑，而且還揮著手。此地實在太危險了，應該沿著小路設置圍欄才對。

牧師的聲音再度響起。

「是意外……沒錯，顯然是場意外。」

接著克萊兒突然笑了……她粗啞的笑聲在崖邊迴盪。

「胡說，」她說，「是我殺了她。」

克萊兒感到有人拍著她肩膀溫柔地說：「好了，好了，不要緊的，不久你就會好起來的。」

§

可是克萊兒並未很快好起來，事實上，她再也沒有好起來過。克萊兒堅稱薇葳安是她殺的……那純然只是一種妄想，因為現場至少有八個目擊證人。

克萊兒的慘況直至羅莉登護士接手後才略有改善，羅莉登護士擅長照顧精神病患。

「順著他們就好了嘛，都是些可憐人。」護士從容地說。

於是她向克萊兒表示，自己是潘托威里監獄的典獄官，克萊兒獲得減刑，被判終生監禁，並把一個房間當成牢房。

「我想，應該沒問題了。」羅莉登護士對醫師說，「你若不放心，就幫她把刀子弄鈍，但我認為不用擔心，她不會自殺的。克萊兒不是那種人，她太自我中心了。有趣的是，自我中心的人往往最容易精神崩潰。」

後記

〈危崖〉首次在一九二七年二月刊登於《皮爾森雜誌》，編輯在評語中暗示該故事「是作者最近生病並神祕失蹤前才剛完成的」。一九二六年十二月三日深夜，克莉絲蒂離開位於伯克郡（英格蘭南部一郡）的住家。第二天一早，有人在薩里郡雪爾附近的紐蘭絲角發現她的座車，裡頭空無一人。警方及義工在鄉間大肆搜尋卻毫無斬獲，一週半後，哈洛蓋特區的某間旅館有員工發現，原來登記為泰莉莎．尼利的旅客，竟然就是失蹤的知名作家。

克莉絲蒂返家後，其夫對媒體宣稱妻子患了「嚴重的失憶症」，然而多年來，環繞在這件小插曲上的枝節還是引發了一些揣測。即便在克莉絲蒂失蹤當時，著名的驚悚小說家艾德格．華萊士（Edgar Wallace）便在報上文章談到，克莉絲蒂若是沒死，「必然仍自信滿滿地活著，也許她人就在倫敦。」華萊士還說：「簡單來說，她的本意似乎是想『打擾』某位不知名人士。」後來克莉絲蒂先生的續弦就是姓尼利，於是有人猜測，克莉絲蒂為了使丈夫蒙羞而丟棄座車，其實十二月三日晚上她與一干友人共度一晚後，才到哈洛蓋特區。甚至有人暗指，這場失蹤記是一種奇怪的宣傳手法。

這件事雖然還有疑點，卻沒有證據能證實這些眾說紛云的「解釋」，因此它們只能算茶餘飯後的臆測而已。

04

聖誕歷險記

While the Light Lasts

寬敞的開架式壁爐裡，粗木發出輕盈的爆響聲，爐火外圍著六名青年，交談之聲此起彼落。屋裡這群年輕人正在享受他們的聖誕派對。

安迪卡小姐愛憐地看著這群孩子，他們大都喊她艾蜜莉阿姨。

「我賭你吃不了六片碎肉餅，珍妮。」

「行，我吃得下。」

「少來，你吃不下。」

「就算吃完了，你也會變成小豬。」

「是啊，還有三隻幫忙吃餅的肥豬，和兩隻幫忙吃李子布丁的豬頭。」

「希望布丁做得不錯吃，」安迪卡小姐不放心地說，「不過這是三天前才做的，聖誕布丁得在過節前更早些時候動手做。記得我們小的時候啊，我還以為基督降臨節前最後禱文裡那段『動搖啊，噢，天主，我們懇求你……』就是指把聖誕布丁動一動，攪一攪哩！」

安迪卡小姐說話時，大夥兒客氣地停下交談。這群年輕人對老人家的回憶根本不感興趣，只是出於禮貌地對女主人表示尊重罷了，等安迪卡小姐一說完，一群人就又迫不及待地聊起來。安迪卡小姐嘆口氣，望著派對裡唯一和她年紀相仿的人，一副想要博取對方同情的樣子……那是一位長相奇怪、蛋頭蛋腦、鬍子生得橫七豎八的矮小男子。現在的年輕人和從前不同囉，安迪卡小姐心裡想。以前長輩講話時哪輪得到他們發言，但現在呢，全都講些空洞的話題，大部分內容連聽都聽不懂。然而，他們全都是可愛的孩子呢！安迪卡小姐以柔和的眼神望著他們……高大而一臉雀斑的珍妮；嬌小的南西．凱蒂有著吉普賽人的美豔與黑色髮膚；強尼和艾力克這兩個從學校返家的男孩，還有他們的朋友查理．佩斯，以及美麗高雅的艾芙琳．海威詩……一想到艾芙琳，安迪卡小姐微微蹙眉，她將眼神挪到大姪子羅傑身上。羅傑鬱鬱寡歡地一人悶頭坐著，沒參與大夥兒的閒聊，他眼神緊盯著艾芙琳那位北方佳麗。

「這雪好美啊！」強尼大叫著朝窗邊走去。「典型的聖誕節天氣，我們來打雪仗吧，反正離開飯時間還早，是不是，艾蜜莉阿姨？」

「是啊，親愛的，我們兩點才開飯。對了，這倒提醒我了，我最好去看看桌子擺好了沒有。」

她匆匆走出房間。

「這樣吧，我們來做雪人！」珍妮尖叫道。

「好啊，太好玩了！我知道了，我們幫白羅先生做雪雕。你聽見了嗎？白羅先生？由六位知名雕塑家用雪塑成的『神探赫丘勒．白羅』！」

椅子上的矮小男子微微行禮表示贊成，他的眼神晶亮。

「麻煩各位把雕像塑得帥一點，」他說，「這點我很堅持哦。」

「安啦！」

一夥人旋風似地狂捲而出，還在走廊上與拿著托盤畢恭畢敬送信進來的管家撞個正著。管家冷靜地站穩後，朝白羅走去。

白羅拿信拆封，管家則辭身告退。白羅將信讀過兩遍，然後摺妥收進口袋裡。他臉部的肌肉雖毫無牽動，但看來信件的內容頗令他吃驚，上面用凌亂幼稚的字體寫著：千萬別吃李子布丁。

「有意思。」白羅低聲自語，「而且完全出人意表。」

他望向壁爐邊，艾芙琳尚未和其他人出去，她正坐著凝望爐火，沉溺在自己的思緒中，一邊緊張地扭著左手中指上的戒指。

「你在出神啊，小姐。」白羅終於開口了。「有心事嗎？」

艾芙琳嚇了一跳，困惑地看著白羅。白羅從容地點點頭。

「打探事情是我的工作。你很不快樂啊，我也是，我也不快樂。我們來談談心好嗎？我會這麼痛苦，是因為我有個多年的好友出國跑到南美洲去了。我們在一起時，有時我會對他不耐煩，嫌他笨，但這下他走了，我卻只記得他的好。人生就是這樣，不是嗎？好了，小姐，你有什麼煩惱？你不像我又老又孤單——你年輕又漂亮，而且所愛的男子也深愛著你——沒錯，真的是這樣；剛才的半小時我一直在觀察他。」

女孩開始臉紅。

「你是指羅傑嗎？噢，你想錯了，我訂婚的對象並不是羅傑。」

「你和奧斯卡．李文訂有婚約，這點我非常清楚。不過你為什麼和他訂婚呢？你愛的不是另一個人嗎？」

女孩並未反駁，白羅的談話方式確實令人難以反駁，他的舉止有著讓人無法抗拒的威嚴和親和力。

「全告訴我吧，」白羅溫和地說，同時加上他剛說過的話：「打探事情是我的工作。」這話讓女孩感到安心。

「我好難過，白羅先生……非常非常難過。我們家一度非常富有，原本由我繼承家產，可是羅傑礙於自己不是長子，無法繼承他們的家業。我雖知道他喜歡我，但是他從來不肯說什麼，後來就一個人跑去澳洲了。」

「這邊的人對婚姻的安排著實可笑，」白羅插話道，「沒有秩序，沒有方法，完全取決於機會。」

艾芙琳繼續說：「後來，家裡突然失去所有財產，家母和我幾乎身無分文，我們搬到一棟小房子，雖然可以勉強過日子，但是家母患了重病，唯一的機會就是動一場大手術，然後搬到天氣暖和的國外去靜養。我們哪有錢啊，白羅先生……我們沒錢哪！換句話說，我母親死定了。當時李文先生已向我求過一兩次婚，他再度向我提親，並答應盡力幫助家母。我答應了……我還能有別的辦法嗎？李文先生信守他的承諾，請了當今最頂尖的專家幫家母開刀，我們也在冬季的時候遷至埃及。那是一年前的事了，家母病癒後恢復健康，而我……我將在聖誕節過後嫁給李文先生。」

「原來如此。」白羅先生說，「然而這段期間，羅傑先生的大哥過世了，他回到家中，卻發現自己愛情夢碎。可是啊小姐，你還沒嫁給對方呀。」

「海威詩家的人從不食言，白羅先生。」女孩傲然表示。

幾乎在她說話的同時，門開了，一名滿面紅光、一對小眼賊兮兮的禿頭胖子站在門口。

「你在這裡磨菇什麼，艾芙琳？出來散個步吧。」

「好的，奧斯卡。」

她面無表情地站起來。白羅也跟著起身，客氣地問道：「李文小姐是不是還不舒服？」

「是的，舍妹還在臥床。真可惜，大過節的竟然生病了。」

「是很可惜。」白羅客氣地表示同意。

艾芙琳花了幾分鐘時間套上雪靴和衣物，然後便與未婚夫走到外頭覆雪的大地。這是個美好的聖誕日，清新又陽光明麗。其他人正忙著堆雪人，李文和艾芙琳則站在一旁觀看。

「愛是年輕的夢想，耶！」強尼大叫一聲，朝他們擲來一記雪球。

「你覺得雕得如何，艾芙琳？」珍妮叫道，「世紀神探，赫丘勒．白羅。」

「等鬍子加上去再說吧，」艾力克說，「南西想剪一小段自己的頭髮當雕像的鬍子哩。神探白羅萬歲！耶！」

「想想看，家裡來了一位活生生的偵探哪！」說話的人是查理。「真希望能發生謀殺案。」

「啊，我知道，我知道！」珍妮興奮地到處又叫又跳。「我想到一個主意了，我們來弄一場謀殺……我的意思是騙人的遊戲啦，然後讓白羅先生去查，噢，我們來玩嘛，一定很刺激。」

五個人立刻開始你一言我一句。

「怎麼弄？」

「要大聲哀嚎吧！」

「不是啦，豬頭，在外面弄。」

「在雪地上留腳印。」

「珍妮可以穿她的睡衣。」

「你去塗紅顏料。」

「把顏料弄在手上，再用手去抹頭。」

「我倒希望我們有把左輪槍。」

「告訴你們，爸爸和艾蜜莉阿姨聽不見的，他們的房間在房子另一頭。」

「反正爸爸絕不會介意，他心胸最寬大了。」

「是啊，不過要用哪種紅顏料？釉彩嗎？」

「我們可以到村子裡弄一點來。」

「白癡，聖誕節去哪弄啊？」

「不，用水彩，用深紅色的顏料。」

「珍妮可以扮死人。」

「挨點凍沒關係啦，反正不會太久。」

「不，南西去，南西有一些漂亮睡衣。」

「去看看葛福知不知道哪裡可以弄到顏料。」

大夥兒衝回屋子裡。

「你該不會一直在書房裡吧，羅傑？」李文不敢苟同地笑著說。

羅傑突然站起來。剛才眾人說的話，他幾乎全沒聽進去。

「我在想……」他靜靜地說。

「想什麼？」

「我在想，白羅先生究竟來這裡做什麼。」

李文似乎被嚇到了，然而就在此時，鑼聲響了，眾人進餐廳準備享用聖誕大餐。餐廳裡的窗簾已經拉上，燈火照在堆滿聖誕紙筒和其他飾物的長桌上。這是非常老式傳統的聖誕大餐，桌子一頭的地主安迪卡先生滿面紅光，狀甚愉快；長桌另一端則坐著他的妹妹安迪卡小姐。白羅先生為了表示尊重，特意穿上紅色背心，他那渾圓的身材和歪著頭的模樣，看起來活像隻知更鳥。

安迪卡先生迅速地切著火雞，大家也開始吃起來。兩隻火雞吃完撤走後，眾人默然屏息，接著管家葛福隆重登場，高高端著點燃火焰的點心——李子布丁，眾人爆出一串歡呼聲。

「快點。噢，我的份要被吃掉了。快點啊，葛福，火如果滅了，我的願望就沒得許了。」

沒人留意到白羅看著布丁時的好奇表情，也沒人看見他火速地環視著餐桌。白羅輕皺眉頭開始吃布丁，每個人也都紛紛動手，交談聲變少了。突然間，安迪卡先生大叫一聲，他脹紅了臉，伸手摸著嘴巴。

「好討厭哪，艾蜜莉！」他叫道，「你幹嘛讓廚子在布丁裡放玻璃啊？」

「什麼玻璃？」艾蜜莉阿姨不知所措地說。

安迪卡先生從嘴裡掏出一塊東西。

「搞不好會把牙齒弄斷哩，」他咕噥道，「要不然吞下去，也會得盲腸炎。」

每個人面前都擺了一碗洗手水，用來洗淨布丁裡吃到的錢幣或其他小玩意。安迪卡先生把玻璃放進水裡洗一洗，然後拿起來。

「天哪！」他衝口而出。「是玩具胸針上的紅寶石。」

「能讓我看看嗎？」

白羅先生極其熟練地將寶石從安迪卡先生手上拿過來仔細檢視。誠如安迪卡先生所說，那是顆巨大的紅色石頭，有著紅寶石的色澤，轉動時表面還閃著紅光。

「我的媽呀。」艾力克說，「會不會是真的？」

「你白癡啊！」珍妮啐道，「那麼大的紅寶石價值得好幾千呢……對吧，白羅先生？」

「這些玩具實在是愈做愈精緻，」安迪卡小姐低聲說，「不過石頭怎麼會跑到布丁裡面？」

這無疑是大夥兒的問題，眾人議論紛紛，唯獨白羅先生沒說什麼，只是假裝想著心事，一邊若無其事地將石頭放入自己口袋裡。

餐後，白羅來到廚房。

廚子面對客人，而且還是位外國人的詢問時，雖然慌張，卻克盡回答之責。布丁在三天前就做好了。「先生，你到敝府的那一天。」每個人都跑進廚房裡攪布丁、許願。這是本地的習俗，也許你們國外沒有這種傳統吧？然後我才把布丁煮開，在食品室最頂端的架子上擺好一排。這個聖誕布丁和其他布丁有沒有特別不同的地方？沒有，廚子覺得都一樣，只是這布丁是放在鋁製的布丁盆裡，其他則放在瓷盆子裡。聖誕布丁原本就是這一塊嗎？探長會這樣問實在好笑，不，當然不是了！聖誕布丁一向是用飾有葉紋的白瓷大海盆煮的，可是今天早上（廚子的紅色臉龐透露著怒氣），她要女僕葛蒂絲去取盆子煮最後一次時，葛蒂絲竟然把盆子摔破了。「我知道裡頭可能有碎片，所以不肯用它上桌，只好改用大的鋁碗了。」

白羅先生謝過廚師提供的資訊後，走出了廚房，朝自己笑了笑，彷彿對取得的消息頗為滿意。他用右手手指把玩口袋裡的東西。

§

「白羅先生！白羅先生！醒醒啊！發生可怕的事啦！」

第二天清晨，強尼大呼小叫地喊著。白羅先生從床上坐了起來，他頭戴睡帽，一板一眼的神情和俏皮的睡帽恰成反比，令人看了忍俊不已。然而強尼似乎無視於這點，他的語氣聽起來，一副不知道在高興些什麼似的。門外也傳來窸窸窣窣的奇怪聲音，像是汽水被堵在管子裡。

「請馬上下來，」強尼繼續說，聲音輕輕發顫。「有人被殺了。」他轉過身。

「啊，事態很嚴重啊！」白羅先生說。

他下了床，不疾不徐地先上過廁所，才隨強尼下樓。一群人早已圍在花園門口，臉上淨是激動，艾力克一見到白羅，還猛咳一陣。

珍妮走上前，用手抓著白羅先生的臂膀。

「你瞧！」珍妮誇張地指向敞開的門口。

「老天爺呀！」白羅先生脫口大叫，「這就像舞台上的場景一樣。」

他的說法並不誇大，夜裡又下了些雪，白色的世界在拂曉的微光中透著陰氣，只見大片白雪上躺著一具看似濺了血的東西。

南西動也不動地躺在雪上，身上穿著深紅色的絲質睡衣，睡衣下露出一雙小巧的裸足，兩臂大開。南西的頭轉向一側，埋在濃密的黑髮下。她像死一般地靜靜躺著，左手邊立了一截刀柄，而且雪上還有一道更寬的血痕。

白羅走進雪裡，他並未朝女孩的屍體走去，卻直接走向小徑。小徑上有兩道足印，一道是男子的，一道是女人的，足跡來到出事地點，然後男子的腳印獨自朝反方向離去。白羅站在小徑上，撫著下巴沉思。

突然間，奧斯卡·李文從屋子裡衝出來。

「天啊！」他大叫，「這是怎麼回事？」

他的興奮激動和其他人的冷靜自持恰成對比。

「看起來，」白羅先生若有所思地說，「好像有人被殺了。」

艾力克又是一陣猛咳。

「但我們總得想個法子吧，」其他人說，「我們該怎麼辦？」

「只有一個辦法。」白羅先生說，「找警察。」

「噢！」所有人立刻齊聲反應。

白羅好奇地打量眾人。

「當然了，」他說，「這是唯一的辦法。誰去找警察？」

眾人遲疑了一會兒，然後強尼走向前來。

「鬧劇結束了，」他宣布說，「白羅先生，我希望你別太生我們的氣。這只是個玩笑而已，我們想戲弄你，南西是裝的啦。」

白羅先生表面不動聲色，但眼光閃爍了一會兒。

「你們在開我玩笑，是嗎？」他平靜地問。

「是的，我實在很抱歉。我們不該這麼做，實在太惡劣了，我非常抱歉。」

「你無須道歉。」對方用奇怪的聲音說。

強尼轉過去。

「好啦，南西，起來了！」他叫道，「別在那兒躺一整天。」

然而地上的人並未移動。

「起來了。」強尼又大聲叫。

然而南西還是文風不動，強尼突然感到莫名的恐懼。他轉頭面對白羅。

「怎……怎麼回事？她為什麼不起來？」

「請隨我來。」白羅簡短地說。

他越過雪地，示意要所有人退開，並小心翼翼地避免破壞其他足印。跟在他後頭的強尼既害怕又不敢置信，白羅在女孩旁邊跪下，然後指示強尼。

「過來摸她的手和脈搏。」

強尼困惑地彎下身來，然後慘叫一聲退開，女孩的手和臂膀僵冷，完全感覺不到脈搏。

「她死了！」強尼驚喘。「可是，這怎麼會呢？為什麼會這樣？」

白羅略過第一個問題。

「為什麼會這樣嗎？」他沉思道，「我也不清楚。」

他突然彎身探向女孩的屍體，將女孩另一隻緊握的手掌扳開。白羅和強尼雙雙驚叫出聲。南西的手掌上，躺著一顆豔光四射的紅寶石。

「哎呀！」白羅大叫，然後迅速將寶石放回口袋裡。

「是聖誕紙筒裡的紅寶石。」強尼驚訝地說。當白羅彎腰檢查匕首及濺血的雪地時，他大聲叫道：「這絕對不是血啊，白羅先生，是顏料，只是顏料而已。」

白羅站直身子。

「是的，」他靜靜地說，「你說得沒錯，只是顏料而已。」

「那怎麼會……」男孩說不下去了，白羅幫他把話說完。

「她怎麼會被殺，是嗎？我們一定得查個水落石出。她今早有沒有吃什麼或喝什麼？」

白羅循著自己的步子回到小路，其他人按他指示等在那邊，強尼則緊跟在後。

「她喝過一杯茶，」男孩說，「是李文先生幫她泡的，他房裡有盞酒精燈。」

強尼的聲音響亮而清晰，李文聽得清清楚楚。

「我一向隨身攜帶酒精燈，」他說，「那是世上最方便的東西。我妹妹也很喜歡酒精燈的機動性，她不喜歡老是去煩傭人。」

白羅眼神低垂，看著李文先生腳上的拖鞋。

「你把靴子換掉了。」他低聲溫和地說。

李文瞪著他。

「但是，白羅先生，」珍妮說，「我們該怎麼辦？」

「我剛說過了，小姐，只有一個辦法，就是去報警。」

「我去。」李文叫道，「我換靴子只要一分鐘就好，外頭冰天雪地的，你們最好別待在這裡。」

他進屋去了。

「這位李文先生可真體貼啊。」白羅輕聲說，「我們該聽他的建議嗎？」

「該不該把父親和……和所有人都叫醒？」

「不必，」白羅一口回絕說，「沒必要。警方抵達前，這裡所有的東西嚴禁觸碰。我們進屋子裡吧，去圖書館好嗎？我想和各位談一小段歷史，免得你們一直在想這件慘劇。」

白羅領在前頭，一群人尾隨其後。

「這故事和紅寶石有關，」白羅坐在舒適的扶手椅上說，「一顆非常知名的寶石，擁有人也是一位名人。他的名字我就不告訴各位了，但他是國際上的大人物。這位大人物隱姓埋名來到倫敦，他雖貴為名人，卻也是個傻氣的年輕人，這人纏上一名漂亮的年輕小姐，可惜人家並不愛他，只愛他的財產……於是有一天，女孩帶著年輕人家傳的紅寶石失蹤了，可憐的年輕人難過極了，不久便娶了一名公主，他不希望醜聞張揚出去，所以不可能報警，只好去找赫丘勒．白羅，也就是在下我了。好吧，我對這位年輕小姐確實略有所知，她有位哥哥，兩人一起行騙江湖，我剛好知道他們兄妹兩人聖誕節的住處。安迪卡先生與我雖是巧遇，但在他好意的安排下，我也變成了客人。然而當那位漂亮小姐一聽說我要來，立即戒心大起。她很聰明，知道我是來追寶石的，決定立即將寶石藏在安全的地方。你們猜她把寶石藏在哪裡……布丁裡！是的，這下各位明白了吧。她和大家一起攪布丁，然後把寶石丟到不一樣的鋁製布丁碗裡，可惜造化弄人，聖誕節那天用的布丁就是鋁製布丁碗裡面那個。」

眾人忘了剛才的慘事，大家都張口結舌地望著白羅。

「之後呢，」矮小的神探繼續說道，「她就裝病上床去了。」他掏出錶看了一眼。「家裡因此雞犬不寧。李文先生去報警也太久了吧？我想他妹妹大概也陪他一起去了。」

艾芙琳大叫一聲站起來，緊盯著白羅看。

「我想，他們應該不會回來了，奧斯卡·李文一向騙吃騙喝，這會兒他已無路可走了。他和妹妹會用化名到國外行騙一陣子。我今早試探並威脅他，讓他知道我們在屋裡不會任由他奪回寶石。他應該要去報警，可是報警等於自斷生路，但他的謀殺嫌疑重大，似乎也只有逃亡一途了。」

「南西是他殺的嗎？」珍妮低聲說。

白羅站起身。

「我們再去看一看命案現場吧。」他建議道。

白羅走在前面，眾人跟在後頭，當他們行經屋外時，大夥兒同聲驚呼。地上絲毫看不出命案跡象，只剩平滑無痕的白雪。

「哎呀！」台階上的艾力克雙腳一軟。「這不會是做夢吧？」

「太有意思了，」白羅說，「屍體失蹤記啊。」他眼神溫和而閃動。

珍妮滿臉狐疑地走到白羅面前。

「白羅先生，你沒有……你不是……我是說，你該不會一直在耍我們吧？嗯，我想你有哦！」

「是的，孩子們。我知道你們要耍我，於是反將你們一軍。瞧，南西小姐來啦……希望在她精采的喜劇表演後，依然毫髮無傷。」

確實是活生生的南西·凱蒂沒錯，她眼睛發亮，整個人看來神清氣爽。

「你沒感冒呀？你喝了我送到你房裡的藥茶了？」白羅問。

「我喝一小口就夠了，我沒事。我演得如何，神探白羅？噢，止血帶弄得我的手臂好痛！」

「你演得棒極了，小鬼。不過我們要不要跟其他人解釋一下？我想他們還是一頭霧水。是這樣的，各位，我去找南西小姐，表示我知道你們的惡作劇，並問她願不願幫我演一段戲，她演得棒極了。南西騙李文先生幫她泡茶，同時安排讓他在雪上留下足印。於是好戲上場時，李文先生真的以為南西死掉了，我手上有很多把柄可以嚇他。後來我們進屋子之後發生什麼事，南西小姐？」

「他和他妹妹一起下樓，從我手上搶走紅寶石，然後匆匆逃走了。」

「可是，白羅先生，寶石呢？」艾力克大叫，「你是說，你讓他們把寶石拿走了？」

白羅面對眾人不滿的眼神時，臉色一沉。

「我會把寶石找回來的。」他細聲說，心想這群人大概把他看扁了。

珍妮率先發難說道：「我認為，讓他們拿著寶石一走了之……」不過珍妮可沒那麼呆。

「他又在騙我們了！」她大叫，「對不對，對不對？」

「小姐，請摸摸我的左邊口袋。」

珍妮急忙將手伸進去，再伸出來時歡呼一聲，高舉著豔光四射的紅寶石。

「是這樣的，」白羅解釋道，「另一個是我從倫敦帶來的複製品而已。」

「他好聰明啊，對吧？」珍妮狂喜地問。

「你還有一件事沒告訴我們，」強尼突然說，「你怎麼會知道我們要騙你？是南西告訴你的嗎？」

白羅搖搖頭。

「那你怎麼會知道？」

「打探事情是我的工作啊。」神探白羅說。

當他看到艾芙琳和羅傑一起從小徑上走過來時，微微笑了一下。

「是啊，但是請告訴我們，噢，求你告訴我們吧，親愛的神探白羅，請跟我們說啊！」

白羅被一群熱切期待的臉孔團團圍住。

「你們真的希望我幫你們解開謎團嗎？」

「是的。」

「我不認為我行。」

「為什麼？」

「真的，你們會很失望的。」

「噢，告訴我們嘛！你是怎麼知道的？」

「是這樣的，我當時在圖書館裡頭……」

「然後呢？」

「而你們就在外面七嘴八舌的討論，剛好圖書館的窗子沒關。」

「就這樣而已？」艾力克憤憤不平地說，「這也太容易了吧！」

「是啊。」白羅笑著說。

「反正，現在我們每件事都明白了。」珍妮滿意地說。

「是嗎？」白羅輕聲自語，一邊走進屋裡。「我倒沒有……而我的工作是打探事情。」

於是，白羅再一次從口袋裡拿出一張相當髒汙的紙來。

「千萬別吃李子布丁……」

神探白羅困惑地搖搖頭，同一時間他發現腳邊傳來奇怪的喘息聲。白羅低頭一瞧，看到一個穿著印花服的小女孩。女孩左手拿畚箕，右手拿著刷子。

「你是誰啊，小女孩？」白羅問。

「我是安妮，先生，是個傭人。」

神探白羅靈機一動，將信交給女孩。

「這是你寫的嗎？安妮？」

「我沒有惡意，先生。」

他對女孩笑了笑。

「你當然沒有惡意，願不願意告訴我是怎麼回事？」

「是他們兩個啦，先生……李文先生和他妹妹，我們大家都受不了他們，而且她根本沒有生病，大家都瞧看得出來。所以我想其中一定有鬼，我就跟你明講吧，先生，我在他們門口偷聽，聽到李文先生明明白白地說：『一定得趕快解決掉白羅這個傢伙。』然後他又對他妹妹說，意思大概是這樣：『你把它放在哪裡？』李文小姐回答說：『在布丁裡。』我想他們打算在你的聖誕布丁裡面下毒，我不知道該怎麼辦才好，廚子才不會聽我這種人的話，所以我就想到寫封信警告你，我把信放在老爺一定能看得到的地方，讓他轉交給你。」

安妮屏息以待，白羅嚴峻地打量她幾分鐘。

「你看太多小說了，安妮。」他終於說，「不過你心地很好，又聰明伶俐，等我回倫敦後，我會寄一本很棒的家務管理書籍送你，還有其他書。」

離開興奮不已的安妮後，白羅轉身走過大廳。他原本想到圖書室，卻從門縫間看到兩個親密的身影，白羅在原地停下腳步。突然間，有人環住他的脖子。

「要看的話，請站到盆栽樹下吧！」珍妮說。

「我也要。」南西說。

白羅先生十分開心……他真的感到非常開心。

後記

一九二三年十二月十二日，〈聖誕歷險記〉首次以〈哪個聖誕布丁？〉的標題刊登於《素描雜誌》上，並作為《白羅先生的灰色腦細胞》第二本短篇集的結尾故事。一九四〇年代，本故事再以〈聖誕歷險記〉的篇名收錄在兩本選集中：《波倫沙與聖誕歷險的難題》及《白羅認得謀殺犯》。多年以後，克莉絲蒂才將之發展成中篇小說。同樣地，本故事也收錄在一九六〇年的《哪個聖誕布丁？》一書中。

克莉絲蒂在該選集的序中談到，這篇故事使她憶起一九〇一年父親去世後，自己年少時與母親在史托波克艾伯尼大廳共處的時光。艾伯尼大廳乃由前曼徹斯特市長大人及詹姆士·瓦特的祖父——詹姆士·瓦特爵士——所建。詹姆士·瓦特是克莉絲蒂的姐姐梅姬的丈夫。克莉絲蒂在一九七七年出版的自傳中，描述艾伯尼是「孩子們過聖誕節的美妙殿堂，宏偉的哥德式廳堂裡不僅有眾多房間、通道、意想不到的台階、前後樓梯、壁櫥、壁龕——所有孩子們心中殷切期望的東西——還有三架鋼琴以及一架風琴可供彈奏」。談到其他地方時則說：「大大小小的桌子上擺滿了食物，既熱鬧又奢華……有一間開放式的儲藏室，大家隨時可以進去拿巧克力及各種點心。」克莉絲蒂不吃東西時——通常是在和詹姆士．瓦特的弟弟韓福瑞比賽——當時她和韓福瑞及其兄弟姐妹一起玩耍。也許克莉絲蒂在撰寫本篇故事中的孩子們、還有他們與神探白羅在飄雪的聖誕節共處一室的樂趣時，心中想的正是這些兒時玩伴吧。

05

寂寞之神

While the Light Lasts

在眾多顯然更有地位的神祇之中，祂坐落於大英博物館的一個架子上，顯得孤獨而淒涼。依著四牆而列的諸位名神，全都好像不可一世地擺出高高在上的姿態。腳下的每個神座上，盡職地刻著引他們為傲的屬地和屬國。他們的地位是無庸置疑的；他們是重要的神祇，而且人盡皆知。

只有角落上的小神遠遠地離群而居。灰石粗糙製成的五官歷經滄桑，如今已經模糊不可辨識。祂孤獨地坐在那兒，手肘放在膝上，臉埋在手中；一個陌生國度裡的小神。

沒有任何刻字可以說明祂來自哪個國度。祂顯然是被遺忘了，既無命名也無榮耀，真是個遠走他鄉的小可憐。沒人注意到祂，沒人停下來看祂。何必呢？祂是如此無足輕重，不過是角落裡的一塊灰石頭而已。祂的兩旁各是一尊被歲月打磨得十分光滑的墨西哥神祇，雙手叉在胸前，神色自若，嘴角掛著殘酷微笑，公然露出對人類的藐視。還有一個肥胖又極度自信的小神，一隻手握成拳頭，顯然是患了自我膨脹症。但是過路人有時會停下來看看祂，即使只不過是為了對祂荒謬的傲慢與一旁墨西哥同伴漠然的微笑所形成的對比表示不屑與嘲弄。

而這個被遺忘的小神無助地坐在那兒，雙手遮臉，年復一年，直到有一天，不可能的事情發生了……祂找到了一個崇拜者。

§

「有我的信嗎？」

門房從分類欄裡拿出一疊信件，草率地看了看，接著面無表情地說：「沒有你的信，先生。」

法蘭克．奧利佛嘆了一口氣，再次走出俱樂部。他沒什麼特別的原因該有信。很少人會寫信給他。自從春天離開緬甸回國以後，他發現自己愈來愈寂寞了。

法蘭克．奧利佛才剛過四十歲，過去的十八年裡，他都待在世界各地，回英國休假的時間很短。現在他退休回國定居了，才生平第一次發現自己在這個世界上是多麼孤單。

沒錯，他有個妹妹葛莉塔，嫁給一個約克郡的牧師，成天忙著教區的工作和養育年幼的子女。葛莉塔當然很喜愛她唯一的哥哥，但是同樣理所當然的，她能給他的時間也很少。另外他還有個老朋友湯姆．赫利。湯姆娶了一位善良活潑又樂觀的妻子，她精力旺盛，效率十足，私底下法蘭克有點怕她。她快人快語的告訴他，說不許他變成彆扭的老單身漢，所以總是不斷給他介紹一些「好女孩」。法蘭克．奧利佛發現他對這些「好女孩」從來沒什麼話好說；她們百折不撓地努力了一陣子之後，都終於絕望地放棄了他。

然而他並非真的不喜歡交際應酬。他非常渴望友誼和溫情。但自從回到英國之後，他漸漸發現自己愈來愈沮喪。他離開得太久，與現實脫節了。他成天四處遊蕩，不知道在這個世界上接下來要做些什麼。

有一天他晃進了大英博物館。他對亞洲古董有興趣，才會無意中看見這個寂寞的神。他立即被迷住了。這裡有某種類似自己的東西；在這塊陌生的土地上，也有另一個失落而迷惘的人。他養成了經常上博物館的習慣，為的只是看一看那個在晦暗高架上的灰石小神像。

「這小傢伙運氣不佳，」他心想，「也許他從前曾被大事奉承過，像是磕頭獻金什麼之類的。」

他開始覺得對這個小朋友有專利權（他真的認為自己幾乎有擁有權），以至於當他發現小神像有第二個俘虜的時候，還真有點憤憤不平。是他發現了這個寂寞的神，他覺得別人沒有插手的餘地。

但是憤慨過後，他不禁莞爾而笑。因為這第二個崇拜者是一個如此嬌小的姑娘，可憐又可笑地穿著過時破舊的黑外套和裙子。年紀很輕，看來才二十出頭，金髮藍眼，下垂的嘴角有點憂愁。以他的騎士精神來看，她的帽子尤其合他的胃口。帽子顯然是自己裝飾的，她勇氣十足地想趕上時髦，卻失敗得好慘。她理當是個淑女，雖然是個窮困的淑女。他馬上判定她是個家庭教師，而且單獨一人活在這世上。

他不久就發現她都是星期二和星期五來參觀，而且總是在十點博物館剛開門的時候抵達。起先他不喜歡她的打擾，但是逐漸的，這變成他單調生活中的主要樂趣。事實上，這個拜神的同伴正迅速將他崇拜的對象擠下高位。在見不到他暱稱的「寂寞的小淑女」的日子裡，生活變得十分空虛。

或許她對他也同樣有興趣，雖然她故作冷淡，盡量隱藏這個事實。但是在他們之間，逐漸發展出一種夥伴的情誼，儘管兩人互相沒說過一句話。事實上是，這個男人太害羞了！他對自己辯說她很可能從未注意到他（內心某個感覺馬上指出這是個謊言），她會認為他太鹵莽，而且話說回來，他不知道要說些什麼。

但是命運，或是這個小神，很仁慈地給了他一個靈感……至少他認為是這麼回事。他對自己的機伶喜不自勝。他買了一條女用手帕，一條他幾乎不敢觸摸的細緻有花邊的麻布手帕。勇敢武裝自己之後，他尾隨著離去的她，直到埃及陳列室才攔住她。

「對不起，請問這是你的嗎？」他原想輕快而淡然地說，但顯然失敗了。

寂寞的女郎接了過去，假裝仔細地檢查它。

「不，不是我的，」她交還給他。他懷著罪惡感覺得她用懷疑眼光看著他表示：「手帕很新呢。標價還在上面。」

但是他不願承認被識破了。他開始矯枉過正地解釋原因。

「你知道，我是在那個大箱子下面撿到的。就是那個最遠的箱腳旁邊。」詳細的說明令自己大鬆一口氣。「所以呢，由於你一直站在那兒，我以為一定是你的，就跟著過來了。」

她再說了一次，「不，不是我的，」接著像是不太情願地說，「謝謝。」

談話到此尷尬地打住了。女孩紅著臉難為情地站著，不知如何才能有尊嚴地抽身。

他拚命地利用這個機會。

「我……我不知道倫敦還有另一個人喜歡我們這個寂寞的小神，直到你的出現。」

她顧不得矜持熱切地回答：「你也是這樣叫祂嗎？」

顯然在震驚之餘，她不但不討厭他所使用的代名詞，還十分認同。而他的「那當然！」彷彿是世界上最自然的回答。

又是一陣沉默。不過這次的沉默之中有著心領神會。

寂寞的女郎忽然想起該守的規矩，首先打破了沉默。

她挺直了嬌小的身軀，可笑地故作莊重，冷淡地說：「我該走了，再見。」僵硬地微點了一下頭，挺著身子走了。

§

依照一般認知的標準來說，法蘭克．奧利佛是該感到挫折，可惜訊息顯示他正急速地深陷情海。他只喃喃自語著：「小可愛！」

然而不久之後他就後悔自己的魯莽行為了。他的小淑女有十天沒靠近博物館。他快瘋了！他把她給嚇跑了！她再也不會回來了！他是個笨蛋，是個野蠻人！他再也見不到她了！

他整天痛苦地在大英博物館徘徊。也許她只是改了來遊館的時間。不久他開始可以背出附近各展示間的名字，並且看到木乃伊就反感。館裡的警衛懷疑地看著他花三個小時注視亞述人的象形文字，而且凝視各種年代的各式花瓶也讓他無聊得幾乎抓狂。

但是他的耐心得到了回報。有一天她又來了，臉色比平時紅一些，神情努力維持鎮定。

他愉快友善地打了招呼。

「早。你好久沒來了。」

「早。」

她平淡冰冷地吐出一個字來，無情地忽視他的下半句。

「你看！」他站在她面前，用懇求的眼神望著她，令她忍不住想起一隻忠實的大狗。「我們做個朋友好嗎？我單身一人在倫敦……在這個世界上，相信你也一樣。我們應該做個朋友的。況且，我們的小神已經幫我們介紹過了。」

她半信半疑地看著他，但是嘴角露出了微笑。

「有嗎？」

「當然有！」

這是他第二次使用這種極度自信的說話方式，而如同上回一樣，這次也同樣有效。因為過了一兩分鐘後，女孩用她那帶點皇族味道的語氣說：「好吧。」

「太好了，」他嘶啞地說，聲音裡有某種意味令女孩憐憫地迅速看了他一眼。

就這樣，開始了這段不尋常的友誼。他們一週兩次在這個外邦神祇的殿前碰面。起先他們只談論有關這個神的話題，畢竟他們之間的友情是拜祂之賜而來。他們廣泛地討論了祂的來處。男人堅稱祂天生嗜殺，說祂在本國是個暴君，殺人無數，祂的人民全都對祂伏首低頭恐懼有加。比起從前的意氣風發，目前的無足輕重是多麼令人同情呀。

寂寞的女郎完全不同意這個說法。祂一定是個仁慈的小神。她懷疑祂曾掌握過什麼權力。如果有的話，今天也不至於流落在此，無朋無黨的。反正祂是親愛的小神，她就是喜歡祂。真受不了眼看著祂日復一日地坐在那兒，受身邊那些盛氣凌人的傢伙冷嘲熱諷。你自己也看到的！她一口氣連珠砲似地說完，幾乎喘不過氣來。

談完這個話題，他們自然而然地開始談起自己。他發現自己的推測是對的。她在漢普斯特的一個家庭裡當保母兼家庭教師。他發現自己一開始就不喜歡這些小孩；泰德五歲，真的不頑皮，只是淘氣而已；雙胞胎不太好惹，而茉莉叫她向東她偏要向西，但是可愛得沒辦法跟她發脾氣！

「這些小孩子在欺負你。」他提出嚴厲的控訴。
「才沒有呢，」她生氣地反駁道，「我對他們非常嚴格。」
「哦！你是上帝呀！」他笑她。但是她強迫他低聲下氣地為這句話道歉。
她說自己是個孤兒，在這個世界上孑然一身。
他把自己的事逐一告訴她：他的正職，辛苦但還算成功；他的嗜好，是糟蹋了無計其數的畫布。
「事實上，我完全外行，」他解釋道，「但是我一向覺得，總有一天我可以畫出一些東西來。我的素描功力不差，而我想要畫一張真正有內容的畫。一個內行的朋友說過我的技巧還不錯。」
她大感興趣，追著問詳情。
「我相信你畫得很好。」
他搖搖頭。
「不好，最近畫了幾張都氣得丟到垃圾桶裡去了。以前一直以為只要有時間一定會水到渠成。我想畫畫想了好幾年，但現在看來，就像其他事情一樣，似乎等得太久了。」
「絕對沒有什麼太遲這回事。」小淑女以年輕人特有的熱情說道。
他低下頭對她微笑。

「沒有嗎，女孩？有些事對我來說是太遲了。」

小淑女取笑他，給他取了個老長壽的綽號。

他們開始覺得在大英博物館裡面十分自在。館裡的巡警既可靠又富有同情心，一看到他們出現，就很識相地到隔壁亞述人室去執行迫切而繁重的守衛任務。

有一天，男人大膽地踏出了一步。他邀她喝下午茶。

起初她有點猶疑。

「我沒有時間。沒空。我有時候早上能出來是因為孩子們在上法文課。」

「胡扯，」男人說，「想辦法找一天出來。說是死了個姑媽或表親什麼的，但是請你一定要來。我們去附近的一個叫ABC的小店，喝茶吃小圓麵包！我知道你一定會喜歡！」

「對，裡面有葡萄乾的那一種。」

「上面有好吃的糖衣……」

「真是香甜美味……」

「小圓麵包，」法蘭克．奧利佛正經八百地說，「有某種極大的安慰作用！」

就這麼說定了。嬌小的女家庭教師出現了，為了這個約會，還在腰上別了朵非常名貴的溫室玫瑰。

他近來注意到她臉上有憂愁擔心的表情，這情形在今天下午她倒茶的時候特別明顯。

「孩子們很煩嗎？」他試著問出原因。
她搖搖頭。近來她很奇怪地不太談孩子們的事。
「不煩。我不介意他們來煩我。」
「是嗎？」
他同情的語氣似乎毫無理由地更加深了她的憂愁。
「哦，不，絕不是那個原因。事實上是，我覺得寂寞。真的！」她幾乎在求他相信了。
他動容地緊接著說：「好吧，女孩，我知道……我知道。」
過了一會兒，他用輕快的語氣說：「你知道嗎，你還沒問過我叫什麼名字？」
她舉起一隻手表示反對。
「拜託，我不想知道。也不要問我的名字。我們只是兩個寂寞的人，萍水相逢，成了朋友。這樣比較好……而且……而且不流於俗氣。」
他若有所思地慢慢說道：「也好。若非有彼此為伴，在這個世界上倒也寂寞。」
語意與她的原意有點不同，她似乎覺得很難再談下去。總之她低下了頭，愈來愈低，直到只能看見她的帽頂。
「你的帽子真漂亮。」他試圖恢復她的平靜。
「是我自己裝飾的。」她很驕傲地告訴他。

「我第一眼看到的時候也是這樣想。」他高高興興地回答，不知道自己說錯了話。

「恐怕不如理想中的那麼時髦！」

「我覺得真是一頂再美不過的帽子了。」他忠心耿耿地說。

兩人再度覺得侷促了起來。法蘭克・奧利佛大膽地打破了沉默。

「小淑女呀，我本來還不想告訴你，但是我忍不住了。我愛你。我要你。我第一次看見你穿著嬌小的黑色套裝站在那兒的時候就愛上你了。親愛的，如果兩個寂寞的人能在一起……那麼……就不會寂寞啦。而且我會努力畫畫，我會把你畫出來。哦！我會多麼努力地畫畫呀。我辦得到的，我知道我辦得到的。哦！我的小女孩呀，我不能沒有你。我真的不能……」

他的小淑女定定地望著他，說出他作夢也沒想到她會說出來的話。她安安靜靜、清清楚楚地說：「那條手帕是你買的！」

他大吃一驚。這證明了女性有敏銳的洞察力。更令他驚駭的是，她的記憶對他不利。但事情已經過了這麼久，想必她已經原諒他了。

「是的，是我買的，」他謙卑地承認。「我想找個藉口和你說話。你很生氣嗎？」他誠惶誠恐地等她定罪。

「你真是討人喜歡！」她熱烈地叫道。「好討人喜歡哦！」她的聲音有些猶疑。

法蘭克．奧利佛嘶聲地說：「告訴我，好女孩，我有這個機會嗎？我知道我又老又粗魯……」

寂寞的女郎打斷了他。

「不，不老！我不要你變成別的樣子，一丁點不同也不要。我就愛你這個樣子，知道嗎？不是因為我同情你，不是因為我孤單一人，需要人家來愛我照顧我，而是因為你就是……你。現在你明白了嗎？」

「是真的嗎？」他問道，聲音幾不可聞。

她堅定地回答說：「是的，是真的……」無限的甜蜜裹住他們兩人。

終於，他如夢似幻地說：「親愛的，我們上天堂了。」

「一個叫ABC的天堂。」她又哭又笑地回答。

但是人間的天堂十分短暫。小淑女忽然叫了一聲站起身來。

「我不知道時候這麼晚了！我得馬上離開。」

「我送你回去。」

「不，不，不用！」

他在她的堅持下被迫讓步，只陪她走到地鐵車站。

「再見，親愛的。」事後回想起來，她黏他的手黏得好緊。

「明天見，」他快樂地回答。「十點鐘老地點，然後我們就互報姓名履歷吧。」

「可是……再見了，天堂。」她低聲說。

「天堂會永遠與我們同在的，甜心！」

她回報他一個微笑，但是笑容中帶著悲傷懇求，這令他感到不安，而且不解。然後無情的電梯往下帶走了她。

§

她離開前所說的話出奇地令他因擾，但是他斷然置之腦後，熱切地期待明日的到來。

十點時，他出現在老地方。他第一次注意到其他神祇幸災樂禍地看著他，像是知道某個不利於他的祕密而沾沾自喜似的。他十分不安地覺察到他們的惡意。

小淑女還沒來。為什麼她沒來呢？這裡的氣氛使他焦急。他們的小朋友（他們的神）從沒像今天看來這樣一籌莫展。不就是一堆無助的石頭在那兒擁抱自己的絕望！

他的思路被一個伶俐的小男孩打斷了。他走過來，認真地從頭到尾打量他。顯然觀察的結果令他滿意，接著遞出一封信。

「給我的？」

信上沒有稱呼。他接了過來，那敏捷的男孩一溜煙地跑了。法蘭克．奧利佛緩慢而不敢置信地讀著。這封信很短。

親愛的：

我絕不可能嫁給你。請忘了我曾經出現在你的生命裡，如果我傷了你的心，也請你試著原諒我。不要找我，因為沒有用的。這是真的「再見」。

寂寞的女郎

還有一行顯然是最後才草草寫上去的附記：

我確實愛你。真的。

那一時衝動寫下的附記在往後的日子裡，是他唯一的安慰。不用說也知道，他沒遵守她的「不要試圖找我」的禁令，但是沒用。她完全消失了，而他一點尋找的線索也沒有。他絕望地登廣告，央求她至少解釋這個祕密，但回報他的努力只是完全的沉默。她不見了，再也不回來了。

經過了這一番波折之後，生平第一次，他真正提起筆作畫。他的技巧一向很好。現在他有技巧，又有了靈感。

他的成名作被選掛在英國皇家美術學院，這是公認的年度之作。不但人物處理細膩，作畫技巧也十分高明。而且某種的神祕感使得一般大眾對它更感興趣。

他的靈感來得很偶然。一篇雜誌上的神仙故事激發了他的想像力。

故事說有個幸運的公主，一向要什麼有什麼。她有什麼願望嗎？立刻照辦。有什麼欲求嗎？馬上答應。她有寵愛她的父母，大量的財富，華服珠寶，唯命是從的奴隸，笑臉相迎的女僕作伴，所有她可能要的統統都有。最英俊富有的王子們追求她，徒勞地向她求婚，為她屠龍獻身也甘願。然而，公主比全國最窮的乞丐還更寂寞。

他不用再讀下去了。他對公主的最終命運完全不感興趣。他眼前出現一張公主的畫像，享樂過度，奢華窒人，卻有著哀傷孤獨的靈魂，在富足的宮殿裡挨餓。

他開始以無窮的精力作畫。創作的強烈樂趣主宰了他。

畫中的公主斜靠在長椅上，四周宮人環侍，畫中滿是繽紛的東方顏色。公主穿了一件繡著奇怪顏色的美麗長袍；金髮下垂，頭上戴著鑲有許多寶石的頭箍。她的女僕圍著她，王子們帶著貴重的禮物跪在腳下。整個畫面看來好不富麗堂皇。

但是公主的臉轉向一邊，對周遭的歡笑無動於衷。她的視線落在陰暗角落裡一個看來不太搭調的東西上：一個灰石刻成的小神像，臉埋在手裡，一副古怪絕望的樣子。

真的有那麼不搭調嗎？年輕的公主用奇怪的認同眼神盯著祂，彷彿她逐漸覺醒的孤獨感讓她不禁一直看。他們兩個是同類。全世界都在她的腳下……但她卻覺得孤獨：一個寂寞的公主看著一個寂寞的小神。

整個倫敦都在談論這張畫，葛莉塔從約克郡給他匆匆地寫了幾行道賀的信，湯姆．赫利的妻子懇求法蘭克．奧利佛「來度週末，見見一個很好的女孩子，她非常仰慕你的成就」。法蘭克．奧利佛輕蔑地笑了一聲，把信丟到火裡燒了。他成功了……但是有什麼用？他只想要一樣東西，那個從他生命中永遠消失的小小寂寞女郎。

§

阿斯科特賽馬日當天，大英博物館某個特定區的值勤警官揉著眼睛，以為自己在作夢，因為他沒料到會看到阿斯科特式的盛裝：一個巴黎時裝天才想像中的美女，穿著蕾絲洋裝，戴著時髦的帽子，活生生地站在那兒。警官欣喜若狂地投以讚賞的目光。

也許，寂寞的神並不那麼訝異。祂可能以自己的方式當個有影響力的神，無論如何，有個崇拜者回巢了。

寂寞的女郎仰望著祂，嘴裡喃喃低語。

「親愛的小神，哦！親愛的小神，請幫助我吧！哦，請你一定要幫助我！」

也許小神被奉承得很高興。或許他原本是法蘭克．奧利佛想像中殘忍無道的神，被歲月和文明軟化了祂冷硬的心。或許寂寞的女郎從一開始就是對的，他真的是個仁慈的小神。或許純屬巧合而已。不論原因為何，法蘭克．奧利佛就在那一刻緩慢而悲傷地走進了亞述人展覽室的門。

他抬起頭，一眼看見了身穿巴黎時裝的美女。

他的手臂當場擁住了她，而她結巴得語不成句。

「我好寂寞啊，你一定讀了我寫的那篇故事，如果不是真的了解，你不可能畫得出那幅畫。我就是那個公主，要什麼有什麼，但我卻有著說不出的寂寞。有一天我向女僕借了衣服，穿出門去算命。途中進來這裡看到你在注視這個小神。事情就是這樣發生的。我假裝……哦！我好卑鄙，我繼續假裝下去，後來我不敢承認說了那麼多可怕的謊言。我相信你一定會厭惡我那樣欺騙你。我不能讓你發現真相，所以就離開了，然後我寫了那個故事。昨天我看到你的畫。是你畫的，對吧？」

只有神真的知道什麼叫作「忘恩負義」。據推測，這個寂寞的神深知人性忘恩負義的黑暗面。身為神祇，祂有觀察的特殊機會，然而當考驗來臨時，這位曾被供奉過無數犧牲品的神，付出了自己的犧牲。祂供奉了祂在這塊陌生土地上僅有的兩個崇拜者。祂以自己的方式證明祂是個偉大的小神，因為祂獻出了祂僅有的一切。

透過指縫，祂看著他們手牽著手，頭也不回地走了。兩個找到天堂的快樂之人，再也不需要祂了。

畢竟，祂算什麼，不過是個非常寂寞、流落他鄉的小神？

後記

〈寂寞之神〉在一九二六年六月首次發表於《皇家雜誌》上。它是克莉絲蒂少數幾篇純羅曼史的小說之一，她自認為它「無可救藥地多愁善感」。

然而這個故事很有趣，因為它預言了克莉絲蒂對考古學的終生興趣。她在一九七三年為慈善機構所發行《麥克．柏金森的自白書》的文章中指出，考古學是她的最愛。也正是由於這個共同的興趣，名考古學家麥克斯．馬龍才會與她相識並成為她的第二任丈夫。第二次世界大戰後，有好幾年的春天，她和馬龍都是在亞述的尼姆魯德度過的，而克莉絲蒂於一九三七和一九三八年在敘利亞的特貝克所寫的挖掘報導《告訴我你怎麼過活的》（出版於一九四六年），是一本兼具知性與娛樂的考古指南書，並且呈現了她在另一方面的重要嗜好。儘管她顯然從不在探險的時候寫作，但她的經驗確實幫幾本小說提供了題材和靈感，包括白羅探案系列的《美索不達米亞驚魂》、《尼羅河謀殺案》、《死亡約會》，以及精采非凡的《死亡終有時》，這個故事的背景是發生在西元前兩千年的古埃及。

06

曼島的黃金

While the Light Lasts

前言

〈曼島的黃金〉不是普通的偵探故事；事實上，它的情節可以說是十分特別。裡頭的幾位偵探平凡無奇，儘管如此，雖然他們面對的是極為殘酷的命案，但凶手的身分卻不是他們最關心的事情，較感興趣的反而是循線找出並不只限於紙頁之中的寶藏！這很顯然是有解釋的必要……

一九二九年冬，亞德門．亞瑟．克魯卡有個新奇的主意。克魯卡是「六月總動員」委員會的主席，這個委員會負責促進曼島的觀光事業。由於曼島流傳了許多走私客和長久以來被遺忘的數不盡金銀財寶的故事，因此給了他這個靈感。島上各地真的藏有寶藏，線索就在一個偵探故事之中。起先有些委員對克魯卡的提議有所保留，但是他說服了大家。委員會同意「曼島尋寶計畫」應始於假期開始的時候，與其他年度活動像國際觀光客獎杯機車賽——當年是第二十四屆、玫瑰皇后加冕典禮，以及午夜帆船賽同步進行。

但克魯卡必須找個人來寫以尋寶為腳本的故事。還有誰比阿嘉莎．克莉絲蒂更能勝任呢？令人訝異的是，克莉絲蒂接受了這個最不尋常的邀稿，而且只收六十英鎊的佣金。她在一九三〇年四月訪問曼島，期間住在曼島的代理總督官邸，直到回德文郡探望女兒的病。克莉絲蒂和克魯卡花了幾天時間討論尋寶相關事宜，到各地察看，以決定寶藏該埋藏的地點和線索的安排。

寫出來的故事就是這篇〈曼島的黃金〉，在五月底分五期刊登在《每日快訊》上。委員會選擇曼徹斯特發行的《每日快訊》的原因，大概是因為他們覺得它是潛在的英國觀光客最可能閱讀的報紙。〈曼島的黃金〉也印成小冊發行，總共印了二十五萬冊，分發到島上各旅館和大飯店。五個線索是各自刊登出來的（其地點用「＋」號標出）。當刊出的日期接近時，委員會呼籲每個島民配合尋寶活動「盡量合作，以爭取最大的曝光率」，因為更多的遊客亦即意味著帶來更多的觀光收入。尋寶活動也吸引了數百個「歸鄉客」的注意力，他們是移民到美國的曼島人，回來當六月的榮譽客人。當時的宣傳說這是「一個給所有的業餘偵探大試身手的機會」！為了與約翰和菲妮拉競爭較量，你最好——和他們一樣——身上帶著「幾張最好的地圖，各式詳細描述曼島的指南，一本論及曼島民俗的書和一本曼島歷史的書」。答案在故事結束時揭曉。

麥老爹住在高地上。
地上的草順坡一直長到林邊
他的小農場裡滿是金黃色的荊豆和金雀花，
他的女兒美麗又可愛。

哦，爸爸，人家說你有很多財寶，
但是藏得不見蹤影。
我看不見黃金，只看見金雀花在閃耀；
請你告訴我吧，它們都在哪裡？

我的黃金鎖在橡木箱子裡，
丟到浪裡，沉到海底，
像希望的錨，釘在那兒，
光彩又如銀行般的安全。

「我喜歡這首歌。」菲妮拉唱完的時候，我讚賞地說道。

「當然喜歡啦，」菲妮拉說，「歌詞唱的是我們共同的祖先，也就是麥爾叔叔的祖父。他走私賺了一大筆錢藏起來，沒人知道藏在哪兒。」

菲妮拉熟知家族血統。她對歷代所有的祖先都感興趣。我比較活在當下，為目前的困難和不定的未來疲於奔命。但是我喜歡聽菲妮拉唱曼島的老民謠。

菲妮拉長得很迷人。她是我的表妹兼未婚妻。經濟情況樂觀好轉時我們就訂婚。當悲觀氣氛席捲而十年之內結不成婚時，我們就退婚。

「難道沒人尋過寶嗎？」我問道。

「當然有，但是沒找到。」

「也許他們沒用科學的方法。」

「麥爾叔叔有努力試過，」菲妮拉說，「他說任何有點腦袋的人都應該能解決這種小問題。」

聽來就像是麥爾叔叔會講的話。老麥爾叔叔任性又古怪，住在曼島上，最喜歡教訓人。

正說到這裡，郵件送到了……有一封信。

「老天，」菲妮拉叫道。「說鬼鬼到——我是說天使——麥爾叔叔死了！」

菲妮拉和我一共只見過我們這位古怪的親戚兩次，所以沒辦法裝得哀慟欲絕。信是從道格拉斯的一家律師事務所寄出的，通知我們說死去的麥爾．邁勒查藍先生的遺囑指示，菲妮拉和我得以共同繼承他的遺產，包括道格拉斯附近的一棟房子，和一筆微薄的收入。並附上一份密封的信函，這是邁勒查藍先生指定他死後交給菲妮拉的東西。我們打開信封一看，內容令人驚訝。我在此全文照抄，因為這的確是一份非常特別的文件。

親愛的菲妮拉和約翰（如此稱呼，因為你們一向形影不離！至少謠言是這麼傳的），你們可能記得我曾經說過，任何有點腦袋的人，應該很容易就能找到我那親愛的無賴老爺爺所藏的珍寶。我有腦袋——而且我的報酬是四箱貨真價實的黃金——這好像在說神仙故事，對吧？

我只有四個尚在人世間的親戚，包括你們兩個、我的外甥伊凡．柯嘉格——我一向聽說他壞透了——以及一個叫費醫生的表親，我很少有他的消息，而且消息不全是好的。

我的財產全留給你和菲妮拉，至於經由本人謀略得來的「寶藏」，則覺得應盡些該盡的責任。我猜我那親愛的老祖先不會喜歡我讓後代子孫輕易地繼承遺產。所以呢，輪到我來設計一點小問題。

仍舊是四個「箱子」的寶藏（雖然是比金條、金幣更為現代化的形式），而且有四個競爭對手——我四個活著的親戚。最公平的方法是一人分一個「箱子」……但是，孩子們，世界是不公平的。最快的人，而且通常是最不擇手段的人，最後會贏！

平凡普通的我怎敢與大自然作對呢？你們必須和另外兩人鬥智，不過恐怕你們兩人勝出的機會很小。我深信，在這個世界上，天真好心常是沒什麼好報的。所以我故意作弊（注意！又一次不公平）。給你們的這封信比給另外兩人的信提早二十四小時送出。因此你們有很好的機會獲得第一批「寶藏」……領先二十四小時該夠了，假如你們有任何腦袋的話。

這批寶藏的線索藏在我道格拉斯的家裡。第二批寶藏的線索在找到第一批寶藏後才會釋出。因此，從第二批寶藏開始，你們的起跑點與別人相同。我祝福你們成功，沒有什麼比四個「箱子」都被你們找到更能令我高興了。然而基於我前頭所說過的理由，那實在是不太可能的事。要記得親愛的伊凡是不擇手段的人。不要犯了任何信任他的錯誤。至於理查・費醫生，我知道的很少，但是，我想他是匹黑馬。

祝你們倆好運，但你們成功的希望很小。

愛你們的叔叔　麥爾・邁勒查藍

一讀到簽名，菲妮拉馬上從我身邊跳起來。

「怎麼了？」我叫道。

菲妮拉已經在迅速翻閱火車時刻表。

「我們必須盡快趕到曼島去，」她叫道，「他怎敢說我們天真好心又愚笨？我要證明給他看！約翰，我們要把四個『箱子』全部找出來，然後結婚，永遠過著幸福快樂、有勞斯萊斯轎車、僕役，和大理石浴缸的日子。但是我們一定得立刻出發去曼島。」

§

二十四小時後，我們到了道格拉斯，與律師面談，接著來到莫霍宅邸，見著了過世叔叔的管家，她是有點望之可畏的史基里康太太。儘管如此，菲妮拉的熱情仍是稍稍軟化了她。

「他真是個怪人，」她說，「喜歡弄得大家人翻馬仰。」

「線索，」菲妮拉叫道，「線索在哪兒？」

史基里康太太以她一貫從容不迫的方式離開了房間。過了幾分鐘後，拿回一張摺疊的紙遞給我們。

我們急忙打開來看。裡面是一首叔叔用潦草的筆跡寫的打油詩。

羅盤上有四個方向
東和西，南和北
東風對人和獸都不利

往西，往南，還有
往北，不要往東

「哦！」菲妮拉茫然地說。
「哦！」我也感到同樣茫然。
史基里康太太不懷好意地笑了。
「沒什麼意義，對吧？」她雞婆地說道。
「這……我不知道從何開始。」菲妮拉無助地說。
「開始，」我故作愉快狀地說，「總是困難的。以後就……」
史基里康太太笑得更猙獰了。她真是個令人沮喪的女人。
「你能不能幫幫忙？」菲妮拉央求她。
「他這些無聊事我一無所知。你叔叔口風很緊。我告訴他少胡鬧了，把錢存在銀行裡吧。我從來不知道他打的是什麼主意。」
「他沒帶過箱子……或是類似的東西出門？」
「沒有。」
「你不知道他是什麼時候藏寶的……是最近或是很久以前？」

史基里康太太搖了搖頭。

「那麼，」我試著鼓舞士氣說道，「這有兩個可能。寶藏不是埋在這裡的地下，就是藏在島上任何一個地點。當然啦，要看大小尺寸來決定。」

菲妮拉腦中靈光一現。

「你有沒有注意到少了什麼東西？」她說，「我是說，叔叔的東西？」

「這個嘛，說來奇怪……」

「那就是有囉？」

「我就說嘛，說來奇怪。鼻煙盒……至少有四個鼻煙盒我四處找不到。」

「四個！」菲妮拉叫了出來。「那就對了！找到線索了。我們到花園裡去找吧。」

「沒什麼好找的，」史基里康太太說，「有的話我一定會知道。你叔叔如果在花園裡埋東西我不可能不知情。」

「他有提到羅盤的方向，」我說，「首先我們需要一張全島的地圖。」

「書桌上有一張。」史基里康太太說。

菲妮拉熱心地打開地圖。有東西掉了出來，又被我撿起來。

「啊哈，」我說，「看來像是又一個線索了。」

我們兩個都急忙俯過身去。

地圖很簡略。上面有個「十」字、一個圓圈，和一個箭頭，約略指出了方向，但是幾乎沒什麼解說（見左圖）。

「說明不是很清楚，對吧？」菲妮拉說。

「當然是要用猜的囉，」我說，「怎能期望一目了然呢？」

史基里康太太打斷了我們的交談，她提議吃晚餐，我們很感激地同意了。

「可不可以給我們咖啡？」菲妮拉說，「大量的咖啡……很黑的那一種。」

史基里康太太的晚餐十分美味可口，餐後還端來了一大壺咖啡。

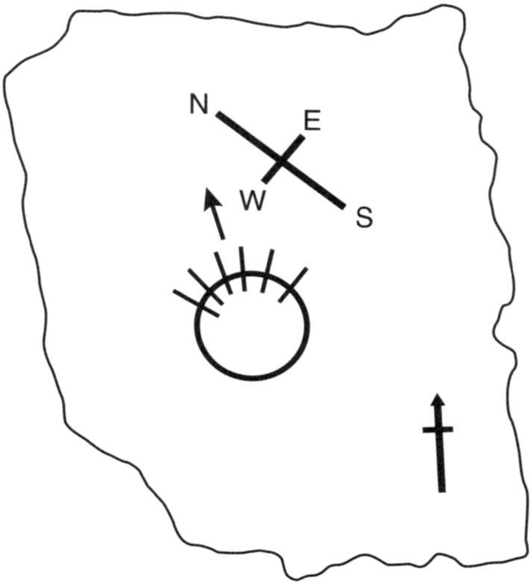

「現在，」菲妮拉說，「我們得認真工作了。」

「首先，」我說，「要先確定方向。這似乎很清楚地指向島的東北方。」

「似乎是如此。我們來看看地圖。」

我們仔細地研究了一番。

「全看你是怎麼解讀的，」菲妮拉說，「這十字代表的是寶藏呢？還是教堂之類的建築物？真希望能有規則可循。」

「那可就太容易了。」

「說得也是。為什麼圓圈的一邊有小線條而另一邊沒有？」

「我不知道。」

我們坐在書房裡。裡頭有好幾張詳圖及各種曼島指南。還有一本曼島民俗學的書，以及一本曼島歷史刊物。我們全都讀遍了。

最後得出一個可能的推論。

「這裡看來似乎合適，」菲妮拉終於說，「我是說，這個地方兩個條件都符合，其他地方就不行了。」

「無論如何，值得我們一試，」我說，「我想今晚就到此為止吧。明早起來先租輛車，再出門去碰碰運氣。」

「已經是明天了，」菲妮拉說，「清晨兩點半！真是難以置信！」

§

我們一大早出門。租了一個星期的車自己開。車子沿著極佳的公路飛馳，菲妮拉的興致愈來愈高昂。

「若不是還有另外兩個競爭對手，這一切豈不美哉？」她說，「在搬到艾普孫市之前，德貝大賽馬當年是在這裡舉行的，對吧？好怪！」

我要她注意看一間農舍。

「那一定是傳說中底下有一條祕徑從海底通往那個島的農舍。」

「太好玩了！我最愛祕徑了，你愛不愛呢？哦，約翰，我們快到了。我好興奮。我們有可能是對的！」

五分鐘後我們下了車。

「每樣東西的位置都對。」菲妮拉顫抖地說。

我們繼續前行。

「有六個……沒錯。在這兩個之間。你帶了羅盤嗎？」

五分鐘後，我們兩個欣喜若狂地面對面站著。在我伸出去的手掌上，有個古董鼻煙盒。

我們成功了！

一回到莫霍宅邸，史基里康太太就告訴我們來了兩名男客。其中一個已經離開了，另一個現在在書房裡。

我們一進書房，就看到一個高大金髮、臉色紅潤的男人，微笑著從扶手椅上站起來。

「是法拉克先生和邁勒查藍小姐嗎？很高興認識你們。我是你們的遠親費醫生。這遊戲真有趣，對吧？」

他的態度和氣斯文，但我一見他就討厭，隱約覺得這是個危險人物。他和氣得過了頭，而且他從不正眼看人。

「我恐怕得向你報告一個壞消息，」我說，「邁勒查藍小姐和我已經找到第一個『寶藏』了。」

他聽了面不改色。

「真遺憾……太遺憾了。從這邊寄出去的郵件一定是有點奇怪。我們是接信後立刻動身的。」

我們不敢對他坦承麥爾叔叔的偏袒。

「不管如何，第二回合大家的起跑點都一樣。」菲妮拉說。

「太好了。立刻開始研究線索怎麼樣？我相信，線索在你們這位頂能幹的，呃，史基里康太太手上。」

「這對柯嘉格先生不公平，」菲妮拉迅速地說，「我們必須等他。」

「對，對極了，我忘了。我們必須盡快與他聯絡。這由我來負責好了……你們兩位一定累壞了想好好休息。」

他隨即離開了。伊凡・柯嘉格真是出乎意料地難找，因為費醫生直到晚上十一點才打電話過來。他建議伊凡和他明早十點過來莫霍宅邸，屆時史基里康太太再把線索交給我們。

「太好了，」菲妮拉說，「明早十點見。」

我們疲倦而快樂地上了床睡覺。

§

第二天早上，我們被史基里康太太吵醒了，她慌張得完全失去了平日的消極和從容。

「你們的看法如何？」她喘著氣說，「有人闖進屋子裡。」

「有賊？」我叫道。「丟了什麼東西嗎？」

「什麼東西也沒丟……這才叫人感到莫名其妙！他們一定是來偷銀器的……但是外頭的門鎖上了，什麼都偷不著。」

菲妮拉和我陪著她到了現場，那裡剛好是她的起居室。窗戶顯然是被撬開的，然而看起來什麼東西也沒丟。真叫人不明白。

「我不知道他們究竟在找什麼。」菲妮拉說。

「又不是屋裡藏了『寶箱』什麼的。」我覺得好笑地說。忽然心裡一動，我轉頭問史基里康太太說：「線索……你今早要給我們的線索呢？」

「怎麼了……當然是在最上頭的抽屜啊。」她走過去打開一看。「怎麼會——我敢說——這裡面空空的！什麼東西也沒有！」

「不是盜賊，」我說，「是我們高尚的親戚幹的！」

我想起麥爾叔叔說過有人會不擇手段的警言。顯然他知道自己在說什麼。真是卑鄙！

「噓，」菲妮拉突然伸出一根指頭說，「那是什麼聲音？」

我們很清楚地聽到她剛才聽到的聲音。一陣呻吟聲從外頭傳來。我們從窗戶探頭出去。但是外頭靠屋子這邊長著一片灌木，什麼也看不見；又是一陣呻吟傳來，這次我們看見灌木似乎有被踐踏過的痕跡。

我們急忙跑出屋外，往聲音來源繞過去。最先入眼的是一架倒在地上的梯子，盜賊原來是用這個爬上窗戶的。再走過幾步路，則看見地上躺著一個人。

這人皮膚黝黑，看來頗為年輕，顯然傷得很重，因為他的頭浸在血泊裡。我在他身旁跪了下來。

「必須馬上找醫生來。恐怕他快要死了。」

園丁急忙出發了。我伸手探入他前胸的口袋，掏出一本記事簿。上面有EQ兩個姓名開頭的字母。

「伊凡·柯嘉格。」菲妮拉說。

這個人張開了雙眼，虛弱地說：「從梯子上摔下來……」然後又昏迷了過去。

他的頭部附近有一塊沾了血的銳角石頭。

「事情再明白不過了，」我說，「梯子一滑，他跌了下來，頭撞到石頭。恐怕他是死定了，可憐的傢伙。」

「你的看法是這樣？」菲妮拉用一種奇怪的聲調說。

這時候醫生到了。他認為沒救了。於是伊凡・柯嘉格被移到屋裡由一個護士照顧。他只能再活幾個小時，顯然已經無藥可治了。

我們被叫到床邊站著。他動動眼皮，張開了眼睛。

「我們是你的表親約翰和菲妮拉，」我說，「我們能為你做些什麼？」

他略微搖頭，嘴裡吐出氣如遊絲的低語。我俯下身子去聽。

「你們要線索嗎？我是不行了。別讓費醫生打敗你們。」

「是的，」菲妮拉說，「請你告訴我。」

他臉上露出一個類似微笑的表情。

「D'ye ken……」他開始說。

這時他的頭忽然垂向一邊，死了。

§

「我不喜歡這樣。」菲妮拉忽然說。

「你不喜歡什麼？」

「聽我說，約翰。伊凡偷了那些線索……他也承認自己跌下梯子。那麼線索在哪裡呢？我們看過他口袋裡所有的東西。應該有三份密封的信，至少史基里康太太是這麼說的。而這些密封的信並不在口袋裡。」

「你的看法呢？」

「我認為還有另外一個人在場，這個人抽走了梯子害他跌倒。而且那塊石頭——不是他自己撞上的——是從別處搬來的，我有找到痕跡。他是被人蓄意打破頭的。」

「但是菲妮拉……你說的是謀殺呀！」

「正是如此，」菲妮拉說，臉色非常蒼白。「正是謀殺。你還記得吧，費醫生應該在早上十點出現的。他人呢？」

「你認為他就是凶手？」

「是的。你要知道——這個寶藏——是一大筆錢耶，約翰。」

「但我們不知道去哪兒找他，」我說，「可惜柯嘉格沒能把要說的話說完。」

「有件東西可能有幫助。我在他手中找到這個。」

她拿了一張撕破的快照給我。

「假設這是個線索。凶手搶走了它，卻沒注意到還少了一角。如果我們能找到另一個部分……」

「必須先找到第二批寶藏才行，」我說，「我們來看看。」

「唔，」我說，「看不出什麼所以然來。圓圈中間好像是一座塔，但是很難確定。」（見上圖）

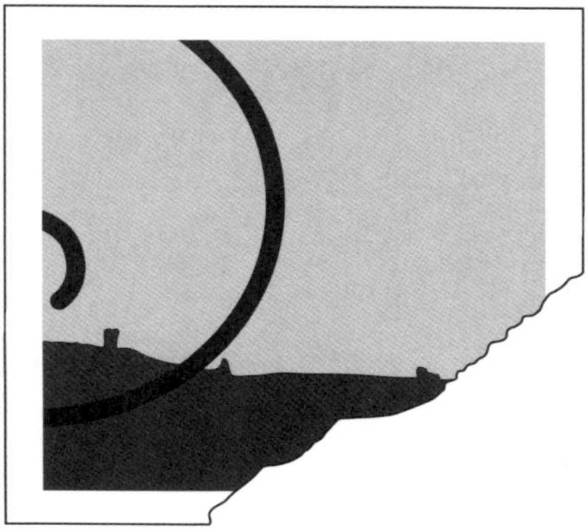

菲妮拉點點頭。

「費醫生手裡的那一半比較重要。他知道地點。我們一定得找到他，約翰，並且不動聲色地觀察他。」

「我不知道這一刻他人在島上何處。要是知道就……」

我的心思再轉到剛死去的人身上。忽然間我興奮地坐了起來。

「菲妮拉，」我說，「柯嘉格不是蘇格蘭人

吧？」

「不，當然不是。」

「那麼，你還不懂嗎？我是說，他話裡頭的意思。」

「不懂？」

我在一張紙上草草寫了幾個字，然後丟給她看。

「這是什麼？」

「可能對我們有幫助的公司名字。」

「貝爾和楚梧。他們是誰呀？律師嗎？」

「不是——比較像是我們的同行——私家偵探。」

然後我開始解釋給她聽。

§

「費醫生來訪。」史基里康太太說。

我們對望了一眼。二十四小時之後，我們成功地掘出第二批寶藏。為了不引人注意，我們以史內菲境內的遊覽巴士當交通工具。

「不知道他曉不曉得我們遠遠瞧見了他？」她喃喃說道。
「簡直是難以置信。要不是那張相片提醒了我們一下……」
「噓……要小心呀，約翰。再怎麼說，被我們如此瞞騙，他一定會氣炸了。」
然而，費醫生的外表一點也看不出來生氣的樣子。他溫文如常地進了房間，令我對菲妮拉的推論頓失信心。
「真是令人震驚的慘劇呀！」他說，「可憐的柯嘉格。我猜他，呃，想先行偷跑吧。報應來得可真快。唉，我們才剛認識他，可憐的傢伙。你們一定在想我為什麼今早沒依約出現。我接到個假消息——我猜是柯嘉格搞的鬼——整得我全島團團轉。現在你們兩個又滿載而歸了。你們是怎麼辦到的？」
我注意到他的聲音透露出非常急切的打探意味。
「我們很幸運，是伊凡表親臨死前說出來的。」菲妮拉說。
我發誓自己看到他眼中露出驚慌的神色。
「呃，他說了些什麼？」他說。
「他只來得及告訴我們藏寶地點的線索。」菲妮拉說道。
「哦！我懂了，我明白了。而我卻是徒勞一場。真奇怪，我本人當時也在那附近。你們可能也看到我在四處走動。」

「我們忙得很。」菲妮拉道歉道。

「當然，當然。你們一定是多少靠點運氣才碰上的。真是幸運的年輕人，是不是呀？那麼，下一個節目呢？能不能請史基里康太太給我們新的線索？」

第三個線索放在律師那兒，所以我們三人一起前往律師事務所，拿了密封的信函。內容很簡單。一張做了記號的地圖（見左圖），另外附上一張說明書。

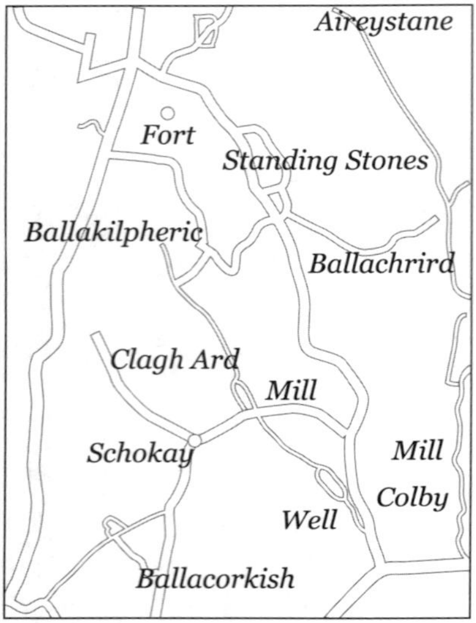

此地在八五年名留青史。
從紀念碑往東走十步，

然後往北等距走十步。
停住，向東看，有兩棵樹。
其中之一在本島是神聖的。
圍著西班牙栗樹畫個五英尺的圓，
低頭繞著圈子走，
仔細地看，你就找得到。

（原文如下：）

In '85, this place made history.
Ten paces from the landmark to
The east, then an equal ten
Paces north. Stand there
Looking east. Two trees are in the
Line of vision. One of them
Was sacred in this island. Draw
A circle five feet from
The Spanish chestnut and,

With head bent, walk round. Look well. You'll find.

「看來我們今天會踩到彼此的腳。」費醫生有感而發地說。

依照我一向與人為善的原則，我邀他搭我們的便車，他答應了。我們在愛林港吃了午餐，然後出發去尋寶。

我在心裡反覆思考麥爾叔叔把這一批特定線索放在律師事務所的原因。他是不是預見了線索有遭竊的可能？他是否決定頂多只能有一條線索落入竊賊手中呢？

這個下午的尋寶活動還真是滑稽。搜尋的範圍有限，所以我們經常在對方的視線內。我們疑神疑鬼地瞧著別人，不知道別人是否有了進展，或是腦中突然靈光一現。

「這都是麥爾叔叔害的，」菲妮拉說，「他要我們相互監視，好深受誤以為別人已捷足先登的煎熬。」

「來吧，」我說，「我們來用科學方法吧。我們有個明確的線索。『此地在八五年名留青史。』查一下我們帶來的參考書，看能不能查得出來。一旦查到了……」

「他正在察看樹籬裡面，」菲妮拉打斷我的話。「噢！我受不了了。如果他找到了……」

「注意聽我說，」我堅決地說，「尋寶的方法其實只有一種……就是正確的方法。」

「島上的樹這麼少，直接找棵栗子樹還比較簡單！」菲妮拉說。

又是一個鐘頭過去了。我們又熱又沮喪，同時又惟恐費醫生會成功而我們卻失敗了，真是好不痛苦。

「我記得有一次讀到一本偵探小說，」我說，「故事中提到有個傢伙把寫了字的紙浸到酸溶液裡……然後所有的字都顯現出來了。」

「你是想……但是我們沒帶酸溶液！」

「我不認為麥爾叔叔的化學知識很高深。但是有一種常見的加熱法……」

我們溜到樹籬的角落，立刻點燃了幾根小樹枝。我把紙盡量拿得靠近火。我幾乎馬上就看到紙張末端出現了字跡。只有五個字。

「克卡爾車站。」菲妮拉讀了出來。

就在那一刻，費醫生出現在轉角處。我們不知道他聽到了沒。他神色如常。

「但是，約翰，」當他離開時，菲妮拉說，「沒有一個叫克卡爾的車站！」她拿著地圖說。

「是沒有，」我邊說邊仔細地看著圖。「但是，你看這裡。」

我用筆在下面畫了一條線。

「這就對了！而且在那條線上……」

「正是如此。」

「但願我們知道確切的地點。」

就在那當下，腦中突然出現了第二道靈光。

「知道了！」我叫了一聲，抓起筆說：「你看！」

菲妮拉喊了一聲。

「好白癡！」她叫道。「太好了！好會騙人。麥爾叔叔真有創意。」

§

是最後一條線索出現的時候了。律師告訴我們，這個線索不在他手上。他寄了明信片出去，有人收到後會郵寄線索給我們。他不會再透露更多消息。

然而，在信件該送達的早上，我們卻沒收到任何回信。菲妮拉和我備受煎熬，以為費醫生不知怎地設法攔截了我們的信件。直到第二天我們收到下面這封語意不通又潦草的信時，才明白了原因不再擔心：

親愛的先生或女士：

對不住遲到但是最近亂七八糟但我現在照邁勒查藍先生吩咐寄給你

這張字在我家好多年了他要做什麼用我不知道。

感謝你

瑪莉・凱路希

「郵戳蓋著——布萊德，」我說道，「現在來看『家傳的一張字』！」

在一顆石頭上，你會看到一個記號
啊，告訴我那是什麼意思？
喔，首先，（A）在附近，你會突然發現
你所尋找的亮光
然後，（B）一間房子。
一間有茅草屋頂和牆壁的小屋。
附近有一條曲折的小路。到此為止。

（原文如下：）

Upon a rock, a sign you'll see.
O, Tell me what the point of
That may be? Well, firstly, (A). Near

By you'll find, quite suddenly, the light
You seek. Then (B). A house. A
Cottage with a thatch and wall.
A meandering lane near by. That's all.

「以石頭作為尋寶的起始點真是太不公平了，」菲妮拉說，「到處都有石頭。你如何辨別哪一顆上面有記號呢？」

「如果我們能選定一個區域，」我說，「就很容易找出那顆石頭。上面一定有個記號標出特定的方向。往那個方向去，會藏著某些有助尋寶的說明。」

「我想你說得對。」菲妮拉說。

「你剛才所說的是A。這條線索會暗示我們哪裡可找得到B，也就是那間小屋。寶藏本身是埋在沿著屋子的一條小路上。顯然我們得先找到A。」

由於第一個步驟難度非常高，因此麥爾叔叔的最後一個謎題十分難解。解題的重擔落在菲妮拉身上，連她也幾乎花了一個星期才破解。雖然這個區域很大，但是在找石頭的過程中，我們偶爾會碰到費醫生。

當我們終於發現石頭的時候，天色已經很晚了。太晚了，我說，別去B了。但菲妮拉反對。

「萬一費醫生也發現了，」她說，「我們等到明天才動身，而他今晚就出發，這樣的話我們會恨死自己！」

我忽然想到了一個好主意。

「菲妮拉，」我說，「你仍然認為費醫生謀殺了伊凡．柯嘉格嗎？」

「是的。」

「那麼我想，我們現在有個引君入甕的機會。」

「那個人壞透了。一想到他我就怕得發抖。快告訴我。」

「去宣告我們發現了A。然後要出發去B。八九不離十他會跟來。那個地方很偏僻，正合他意可以下手。如果我們假裝挖到了寶藏，他會現出原形。」

「然後呢？」

「然後，」我說，「他會有個小小的意外。」

§

時間已經接近午夜了。我們把車子停在一段距離之外，兩人沿著牆匍匐前行。菲妮拉用一支強力手電筒照明路況。我自己則帶著一把左輪槍。我不能冒險。

菲妮拉突然低叫了一聲，停下腳步來。

「你看，約翰，」她叫道，「找到了，終於找到了。」

在那一剎那，我失去了戒心。我本能地轉過身子……但是太遲了。費醫生站在離我們六步的地方，左輪槍指著我們。

「晚安，」他說，「論到我耍詭計了。你們願意的話，請把寶藏交過來。」

「還有一樣別的東西你要不要？」我問道。「半張從快死的人手中撕下來的照片？我想，另一半在你那邊。」

他的手抖了一下。

「你說什麼？」他咆哮道。

「真相已經大白了，」我說，「你和柯嘉格當晚一起犯案。你拉開梯子，用那塊石頭打破他的頭。警察比你想像的還聰明啦，費醫生。」

「他們知道了，是嗎？那麼，上帝保佑，乾脆連殺三個吧！」

「躺下，菲妮拉。」我大聲嚷道。費醫生的槍也同時砰地響了。

我們兩人倒臥在石南樹叢裡。在他再次開槍以前，一群穿制服的人從藏身的牆後一躍而出。不一會兒，他們就把費醫生上了手銬帶走了。

我把菲妮拉抱在懷中。

「我就知道我是對的。」她顫抖地說。

「親愛的！」我叫著說，「太危險了。他有可能射中你。」

「但是他沒有，」菲妮拉說，「而且我們知道寶藏藏在哪兒。」

「真的？」

「真的。你看……」她寫了一個字。「我們明天再來找。那裡沒多少地方好藏東西。」

§

才中午時分。

「有了！」菲妮拉輕聲說道，「第四個鼻煙盒。我們全部找到了。麥爾叔叔會很高興的。現在……」

「現在，」我說，「我們可以結婚並且從此過著幸福快樂的日子。」

「我們要住在曼島。」菲妮拉說。

「靠曼島的黃金過活。」我說道，並且十分高興地笑了出來。

後記

約翰和菲妮拉是表兄妹，搭檔偵查的模式很像《鴛鴦神探》和之後幾部小說中的名探湯米和陶品絲．貝里福。同時也頗為類似克莉絲蒂早期的驚悚小說，像是《煙囪的祕密》和《為什麼不找伊文斯？》裡面的年輕「偵探」。事實上在這個故事裡頭，「寶藏」是火柴盒大小的鼻煙盒。每個盒裡面有個十八世紀的曼島半便士，上面有孔洞，孔裡穿了一段彩帶。盒裡還有一份摺疊整齊的文件，上頭有印度墨水寫的花體字，以及亞德門．克魯卡的簽名。文件指明得主應立即向曼島首都道格拉斯的市公所辦事員報到。得主必須以鼻煙盒及內容物為憑領取一百英鎊的獎金（現值大約相當於三千英鎊）。而且還得證明他們不是本島居民，因為只有觀光客才能參與尋寶，島民是被排除在外的。

「用點頭腦就能輕易尋到寶藏」

〈曼島的黃金〉裡的第一個線索，刊登在五月三十一日星期六的《每日快訊》上，開頭說「羅盤上有四個方向」的打油詩，其唯一目的是要指出四個寶藏都藏在島的北、南和西方，但不是在東方。事實上第二個線索，亦即六月七日刊登的藏寶圖，才會指出寶藏的位置。然而在此之前，寶藏已經被找出了，因為故事裡透露了足夠的線索。得主是一位從印威內斯[5]跑來的裁縫，名叫威廉·蕭。地方報紙報導說他揮舞著鼻煙盒，以兜著圈圈跑步慶祝，而且「他的女伴興奮得好幾分鐘說不出話來」！

最重要的線索是菲妮拉所說的一句話：寶藏藏在靠近「在搬到艾普孫市之前，德貝大賽馬當年是在這裡舉行」的地方。這裡說的是有名的英國賽馬，最初是在曼島東南方的德貝海港舉行。至於「非常靠近」、謠傳有家農舍下有「祕密通道」可通達的島，很容易就可猜得出是聖麥克島。島上除了有建於十二世紀的聖麥克教堂外，還有一個叫作德貝塞的圓形石塔，聖麥克島因此又稱為要塞島——「這地方兩個條件都符合，其他地方就不行了」。地圖上的要塞畫成圓形，有六道線投射而出，代表要塞裡有六門具有歷史意義的大砲——「有六個」——在要塞裡；十字代表教堂。

那個白鑞鼻煙盒藏在中間兩門砲之間、東北走向的岩棚裡——「在這兩個之間——你帶了羅盤嗎？」而約翰當初建議說線索「指的是島的東北方」純粹是誤導。

5 印威內斯（Inverness），蘇格蘭西北部高地郡首府。

「太容易了」

第二個鼻煙盒顯然是角質的，在六月九日被蘭開夏來的建商理查．海頓找到。正如菲妮拉對謀財害命的費醫生所說，伊凡．柯嘉格臨死前吐露的「D'ye ken……」是寶藏埋藏地的線索。事實上，這是英國的坎布里亞郡獵人民歌〈強．皮爾〉的開唱詞。而且當約翰提到「貝爾和楚梧」是「可能對我們有幫助的公司名字」時，他指的不是故事開頭所說的「道格拉斯的律師事務所」，而是歌詞裡強．皮爾的兩隻獵犬的名字。有了這些線索，六月九日刊登的第三個線索，亦即「撕破的快照」的主題，就不難指認了；那是聖派屈克島上建於十四世紀的皮爾城堡的廢墟，而沿著照片左邊緣的曲線正是皮爾山上的長板凳扶手的花樣，板凳俯瞰城堡，鼻煙盒就藏在它下面。坐遊覽巴士去史內菲和曼島的最高峰，則是個幌子。

「多少要靠碰運氣」

第三個「寶藏」是輪機工程師赫伯．伊利歐先生找到的，他是一位住在利物浦的曼島人。伊利歐先生後來聲明他既沒讀過〈曼島的黃金〉，也沒研究過線索，僅僅是選定一個很有可能的地區，就這樣在七月八日一大早碰巧找到藏在溝裡的鼻煙盒。

藏寶地點的主要線索在六月十四日刊載的第四個線索（以「此地在八五年名留青史」開頭的詩句）中。每一行的第二個字[6]拼湊起來就變成：「八五步西班牙鼻神聖圓環東北東」

（85 paces east north east of sacred circle Spanish Head）。

「神聖圓環」指的是莫耳山的米爾圓環，一個離曼島最南端的西班牙岬角約一公里多的巨大石碑。至於所提及的「八五年」的重要事件和西班牙栗子樹，則分散了許多尋寶人的注意力，事實上卻是假情報。約翰和菲妮拉說得對，他們所發現的線索「克卡爾車站」，事實上根本沒這個地方。然而，確實有個叫克卡爾的村莊，以及一個約翰和菲妮拉尋寶前在此午餐的愛倫堡火車站。如果從克卡爾村莊畫一條直線，經過愛倫堡往下，就會碰上米爾圓環，這就是約翰所指認的「確切地點」。

「一個大難題」

非常不幸的，如同用來尋找第三個鼻煙盒的第四個線索一樣，用來尋找第四個鼻煙盒的第五個線索也是無解。第五個也是最後一個的線索，是一首以「在一個石頭上，你會看到一個記號」起頭的詩，這是在六月二十一日刊載的。但是寶藏在預定的尋寶截止日過後、又延長至七月十日才結束的當天，結果由道格拉斯市長「挖出」。兩天後，《每日快訊》上有追

6 這裡指的是第二個英文字。

蹤報導，不僅登出活動的相片，還有克莉絲蒂對最後一個線索的解釋：

一想到我們浪費時間尋找一顆有記號石頭的最後線索時，就覺得好笑。答案很簡單……就在開頭那封信上。

把每一行的第六和第七個英文字湊起來，就變成「你會看到。A岬。近燈塔的一片牆上。」A岬指的是艾爾岬。我們花了些時間找那片牆，寶藏不是在牆上。而是牆上的一個石頭，上面塗有四個數字：二、五、六和九。

把數字應用到線索詩的第一行（Upon a rock, a sign you'll see.），得到的字母拼出來是「公園」（park）。曼島上只有一個蘭記公園。在公園裡仔細尋找，最後一定可以找得到。詩中提及的有茅草屋的建築物，是指園內可供休息的涼亭。一條曲折的小路繞過它，來到一面爬滿常春藤的牆前，這就是行蹤成謎的鼻煙盒的藏身處。信由布萊德寄出，這又是另一個線索，因為這個村子離曼島最北端的艾爾岬燈塔很近。

很難判斷〈曼島的黃金〉這篇故事是不是推廣曼島觀光事業的好方法。當然啦，表面上看來，一九三〇年的觀光客比往年多了起來，但是其中有多少功勞是歸於尋寶活動，這實在很難劃分清楚。當時媒體上面的報導顯示有許多人對它的貢獻確實心存懷疑。在尋寶活動結束時的慶功午宴上，亞德門．克魯卡對各界的感謝致意，並且責備那些不熱烈鼓吹尋寶行動的島民：「他們是只會批評的懶蟲和牢騷鬼」。

事實上，島民冷淡的原因可能是因為他們不被允許參加尋寶。雖然《每日快訊》懸賞五個基尼金幣——約為現值一百五十英鎊——的獎金給每個尋獲寶藏者的宿主。這或許也造就了眾多小小的「蓄意破壞」之後果吧。有人埋了假寶藏，捏造了假線索，包括在一塊石頭上面塗寫「抬起來」，但是石頭下面除了果皮垃圾外，什麼有趣的東西也沒有。

雖然從此之後，再無類似曼島尋寶的活動，但阿嘉莎．克莉絲蒂倒是又寫了幾篇主題相似的推理小說。其中最出名的是查蜜恩．史卓和愛德華．羅西特的怪叔叔馬修在〈馬修叔公的玩笑〉中對他們所下的挑戰，這篇瑪波小姐的故事在一九四一年初版時是叫作〈一箱藏寶〉，並收錄在一九七九年出版的《瑪波小姐的完結篇》一書中。另外還有一個內容大綱雷同的「命案大搜尋」故事，這是一本白羅探案，書名叫作《弄假成真》。

07

牆內

While the Light Lasts

是蘭普利太太發現了珍・海華的存在。理所當然應該是她。曾有人這樣說過：蘭普利太太可輕而易舉當上全倫敦最受憎惡的女人，但我想那是誇大其辭的說法。然而，她的確有挖出你極度隱私的本領，而且她總是神乎其技地在無意間打探出他人私密。

這件事發生的時候，我們正在亞倫・艾佛瑞的工作室裡喝下午茶。他有時候會請人喝茶，此刻的他總是站在角落，穿著非常舊的衣服，褲袋裡的銅幣弄得叮噹作響，臉上一副憂鬱的模樣。

時至今日，沒有任何人會質疑艾佛瑞的才華。他成為名流的肖像畫家之前的早期作品——兩幅最出名的畫作「顏色」和「鑑賞家」——去年已由國家收購典藏，而且這一次、也是唯一的一次，並沒有任何人提出反對意見。但是在當年這件事發生的時候，艾佛瑞才剛剛成名，我們大可自認為是我們發掘了他。

辦茶會的是他的妻子。艾佛瑞對待她的態度很奇特。想當然耳，他顯然極為愛她。這是伊莎貝應得的。但是他似乎總覺得自己有點虧欠她。他對她千依百順，與其說是出於愛意，不如說是他深信她有予取予求的特權。仔細想來，倒也怪不得他。

因為伊莎貝・羅林從前真是出色。當年她初入社交界，就被選為年度社交界之花。她除了金錢以外，什麼都有；美貌、身分、教養和頭腦，無一欠缺。沒有人認為她會為了愛情而結婚。她不是那種女孩。她踏入社交界的第二年，就有三個追求者，一個公爵爵位的繼承人，一個政壇新秀，和一個南非來的百萬富翁。然而出乎大家意料之外的，她嫁給亞倫．艾佛瑞——一個名不見經傳的年輕窮畫家。

我想，大家繼續稱呼她伊莎貝．羅林，是為了對她的人格表示敬意。沒人叫她伊莎貝．艾佛瑞。人們總是說：「我今早看到了伊莎貝．羅林。是的……和她的丈夫在一起，那個年輕的畫家。」

人人都說伊莎貝「完了」。我想，大部分的男人被冠上「伊莎貝．羅林的丈夫」這個頭銜才是「完了」。但是艾佛瑞不是大部分的男人。伊莎貝的識人之明終究沒有失敗。亞倫．艾佛瑞畫了「顏色」。

我想每個人都知道這張畫：一條長路上面挖了深溝，翻開的泥土是紅色的，排水管上閃著褐色，掘土工人靠著鏟子在稍事休息……他身形巨大，像神話中的赫丘力士般孔武有力，穿著骯髒的燈心絨衣服，脖子上繫條猩紅色的領巾。眼睛從畫布上望著你，沒有思想，沒有希望，只是呆呆傻傻地像隻巨獸般流露出懇求的眼神。畫上顏色繽紛，火紅和橘黃的色彩幾乎要燃燒了起來。許多人寫了文章討論它象徵的意義，和它想表達的感情。亞倫．艾佛瑞本人說他沒想表達什麼感情。他只是看膩了太多的威尼斯日落圖，所以對純英式的繽紛色彩有了強烈的揮灑欲望罷了。

艾佛瑞接著畫了那幅震撼力十足的酒館「羅曼史」；暗街下著雨，半開的門，裡面的燈光看得見，還有發亮的玻璃杯，一個瘦小的男人卑微可鄙又一臉狡猾。他半張著嘴，眼神急切地正要進門買醉忘憂。

由於這兩張畫的緣故，艾佛瑞被譽為「藍領工人」畫家。他可以說是藝有專精，但是他拒絕自我設限。他的第三張畫，也是最才華洋溢的畫作，是若夫．赫希曼爵士的全身肖像。這位名科學家的畫像背景是蒸餾器、坩堝和實驗室的擱板。整個視覺效果可以說是十分立體，但透視的線條畫得頗為奇特。

而現在他完成了第四幅畫——他妻子的畫像。我們被邀來做評論。艾佛瑞自己皺眉看著窗外，伊莎貝．羅林則周旋在賓客之間，正確無誤地討論著作畫的技巧。

不可避免地，我們提出了評論。我們稱讚他對粉紅色緞子的處理，那真是高明的手法。從來沒人這樣畫過緞子。

蘭普利太太是我所認識最厲害的藝術評論家，她幾乎是立刻把我拉到一旁。

「喬治，」她說，「他是怎麼了？這張畫毫無生氣。畫得是很順，不過……哎呀！糟透了。」

「你是指穿粉紅緞衣的女郎？」我說。

「正是。技巧是無懈可擊。他好用心！畫十六張也足夠了。」

「畫過頭了？」我說。

「也許吧。畫得死氣沉沉。穿粉緞的絕代佳人。為何不乾脆照張彩色相片算了？」
「為什麼不呢？」我同意道，「你認為他知道嗎？」
「他當然知道，」蘭普利太太責備道，「你沒看見他緊張成那個樣子？我敢說，他把理智和感情搞混了。他全心全意地畫伊莎貝，因為她是伊莎貝，所以他手軟畫不下來。他太過仁慈了。有時候你一定得……毀了血肉才能得到靈魂。」
我若有所思地點點頭。若夫．赫希曼爵士的容貌並未被美化，但是他的神韻躍然於畫布上，令人難忘。
「伊莎貝的個性很鮮明。」蘭普利太太繼續說。
「也許艾佛瑞畫女人不太行。」我說。
「也許吧，」蘭普利太太想了一下才說，「是了，一定是這個原因。」
就在那個時候，蘭普利太太以她一向的神技精準地從一疊面牆而靠的畫布中拉了一張出來。隨便堆在那兒的畫大約有八張，蘭普利太太純粹是碰運氣拉出那張畫的……但就如我所說的，這些事情會自動發生在蘭普利太太身上。
「啊！」她一邊說，一邊把畫對著光線。
畫還沒完成，只是一張粗略的素描。畫中的女人，或是說女孩——我想，她不會超過二十五、六歲——身子往前靠，托著下巴。我立即注意到兩件事：畫中人物非比尋常的生命力，以及筆下令人訝異的殘忍狠毒。艾佛瑞筆下懷著恨意，甚至可以說是殘忍無情……他畫出了女孩所具有的笨拙、醜陋和生硬。一切都是褐色的——褐色的衣服、褐色的背景、褐色的眼睛——那是渴望而熱切的眼睛。事實上，整幅畫的主題就是熱切。

蘭普利太太沉默地看了幾分鐘，然後叫了艾佛瑞過來。

「亞倫，」她說，「過來一下。這是誰？」

艾佛瑞順從地走了過來。我看到他臉上閃過一絲藏不住的懊惱。

「那不過是隨手亂塗的，」他說，「我大概不會把它畫完。」

「她是誰？」蘭普利太太說。

艾佛瑞顯然不願回答，這下子蘭普利太太可就像是貓兒遇見腥了。基本上她相信人性本惡。

「我的一個朋友，一個叫珍・海華的小姐。」

「我從未在這裡見過她。」蘭普利太太說。

「她不會來這種發表會。」他頓了一下，接著又說：「她是溫妮的教母。」

溫妮是他的小女兒，才五歲。

「是嗎？」蘭普利太太說，「她住在哪裡？」

「巴特西區的某層公寓。」

「是嗎？」蘭普利太太又說了一次，然後再問：「她對你做了什麼事？」

「對我？」

「對你。所以你下筆才會那樣……無情。」

「哦，那個啊！」他笑了。「呃，你知道的，她又不是什麼美女。我不能因為是她的朋友就把她畫成美女，對吧？」

「正好相反，」蘭普利太太說，「你畫出她所有缺點，還加以誇大扭曲。你想把她畫得很荒謬……但沒成功，小夥子。那張肖像，如果你完成了它，將來會流傳後世。」

艾佛瑞看來有點懊惱。

「還好啦，」他輕鬆地說，「我是說，以素描的角度來說。但是當然比伊莎貝的肖像差多了。這肖像顯然是我畫過最好的作品。」

他語帶挑釁地說。我們兩人都不說話。

「顯然是最好的作品。」他再說了一次。

其他客人也被吸引過來。他們也看見了這張素描。眾人發出驚嘆，並提出批評。當場氣氛就活潑了起來。

我就是在這種情況下第一次聽到珍．海華的名字。後來我遇見她——有兩次——還從她最親密的朋友口中聽到她的生平瑣事。亞倫．艾佛瑞自己也告訴我許多事，而蘭普利太太曾在國外不斷散布某些謠言。現在既然他們兩人都死了，我想該是反駁她的時候到了。你願意的話，也可以說我的故事是我自己編出來的……這樣說也不算太離譜。

§

客人走了以後，亞倫．艾佛瑞把珍．海華的素描又轉向牆壁。伊莎貝走進房裡站在他身旁。

「很成功，對吧？」她關心地問道，「還是……不很成功？」

「肖像嗎？」他立刻反問道。

「不，別傻了，我是指派對。肖像當然是成功的。」

「這是我畫過最好的作品。」他積極地宣稱道。

「我們有進展耶，」伊莎貝說道，「查明頓夫人請你為她畫肖像。」

「喔，老天！」他皺起了眉頭。「你知道，我又不是名流肖像畫家。」

「你會是的。你會是最頂尖的名流肖像畫家。」

「我才不想成為那種頂尖畫家。」

「但是，親愛的亞倫，那就是賺大錢的方法呀。」

「誰希罕賺大錢呢？」

「也許是我呢。」她笑著說。

他立刻覺得慚愧歉疚。要不是嫁給了他，她本來會有大把的錢財，而且她需要錢。她應該有個相當舒適的生活環境。

「我們最近的情況還不錯。」他示好地說。

「是真的不錯，但是帳單來得很快。」

帳單……老是帳單！

他來回地走動。

「哦，算了吧！我才不想畫查明頓夫人呢。」他脫口說出，像個賭氣的小孩。

伊莎貝微微一笑，文風不動地站在火爐邊。亞倫停止了踱步，走近她身邊。在她身上——她靜止不動的身上——到底是什麼東西像磁鐵般地吸引著他？她是多麼美啊——她那像是白色大理石雕刻的手臂，她的金髮，還有紅唇——紅色而豐滿的嘴唇。

他吻了她……感到她的雙唇纏住了他似的。除了這一切，還有什麼是要緊的呢？伊莎貝是用什麼方法來撫慰你，讓你一切都可以棄之不顧？她的美色牢牢地吸引了你，令你心滿意足而如醉如癡，甘願浮於暗湖之上沉睡不醒。

「我就畫查明頓夫人好了，」他接著說，「那又有什麼關係呢？我會覺得無聊……但是，畢竟畫家也得吃飯呀。畫家先生、畫家太太，和畫家女兒……統統都得吃飯。」

「胡言亂語的小子！」伊莎貝說，「談到女兒……你該找個時間去看看珍。她昨天來過，說好幾個月沒見過你了。」

「珍來過？」

「是的……她來看溫妮。」

亞倫略過溫妮不提。

「她看了你的肖像？」

「是的。」

「她覺得怎樣？」

「她說好極了。」

「哦！」

他皺著眉，沉思不語。

「我想，蘭普利太太懷疑你暗戀珍，」伊莎貝點破了事實。「她的鼻子動個不停。」

「那個女人！」亞倫深惡痛絕地說，「那個女人！什麼鬼是她不會起疑的？什麼邪是她不會信的？」

「啊，我可不會那麼想啦，」伊莎貝微笑著說，「快去看看珍吧。」

亞倫瞧著她。她現在坐在火爐旁邊的一個矮沙發上，臉略微地側過一邊，嘴角的微笑還沒有消失。亞倫頓時覺得茫然不解，好像周圍的迷霧突然散了開來，因而窺見了一個陌生的國度。

某個聲音在對他說：「為什麼她要你去看珍？一定有原因。」因為伊莎貝並不莽撞，她總是事出有因，謀定而動。

「你喜歡珍嗎？」他突然問道。

「她人很好啊。」伊莎貝說。

「是的，但是你真心喜歡她嗎？」

「那是當然啊。她那麼疼愛溫妮。對了，她下星期想帶溫妮到海邊玩。你不介意吧？那我們就有空去蘇格蘭了。」

「那真是太好了。」

事實上，那簡直是太棒了。他望著伊莎貝，突然起了疑心。是不是她去要求珍的？珍很容易被人家利用的。

伊莎貝起身走出房間，口裡哼著曲調。算了，不要緊，總之他不久就會去看珍了。

§

珍．海華住在面對巴特西公園的一棟大廈頂樓。當艾佛瑞爬了四層樓梯去按門鈴時，他有點生珍的氣了。為什麼她不住在便於出入的地方？當他按了三次門鈴還沒人來開門時，他更生氣了。為什麼她不雇個門房？

門忽然開了。珍自己紅著臉來應門。

「艾莉絲呢？」艾佛瑞問道，一句客套話也不想說。

「啊，恐怕——我是說——她今天不太舒服。」

「你是說，她喝醉了？」艾佛瑞不快地說。

珍如此慣於撒謊，真是可悲。

「應該是那樣沒錯。」珍不情不願地說。

「讓我看看她。」

他跨入公寓。珍溫馴地跟在他後面。他在廚房裡找到那個怠職的艾莉絲。她毫無疑問是喝醉了。他一語不發地跟著珍回到客廳。

「你非開除她不可，」他說，「我以前就告訴過你了。」

「我知道，亞倫，但是我不能這麼做。你忘了，她丈夫在坐牢。」

「那是他應該待的地方，」艾佛瑞說，「你雇用她三個月以來，她醉了多少次了？」

「沒多少次啦，也許就三、四次。她很沮喪的，你知道。」

「三、四次！九或十次還差不多。她的廚藝如何？爛透了。她對你有任何幫助嗎？一點也沒有。天啊，明天一早就開除她，另外找個有用的女孩吧。」

珍憂愁地看著他。

「你不願意這樣做，」艾佛瑞不快地說，一屁股坐到一張大椅子上。「你真是無可救藥的感情用事。你想帶溫妮到海邊玩是怎麼回事？是誰提議的，你還是伊莎貝？」

珍馬上回答說：「我，當然是我。」

「珍，」艾佛瑞說，「如果你能學著說實話，我會很喜歡你。坐下來，看在老天爺的分上，至少十分鐘內不要再說謊了。」

「哦，亞倫！」她說著，坐了下來。

畫家仔細檢視了她一兩分鐘。蘭普利太太那個女人是對的。他處理珍的筆法太殘忍了。就算不是真正的美女，珍也勉強可以算是美麗的女性。她有修長的希臘人身材。她的笨拙來自於她急於討人歡心。

他把握了這點加以誇張……削薄她有點尖的下巴，還把她的身體擺個醜惡的姿態。

為什麼？為什麼他只要和珍待在同一個房間裡，不超過五分鐘，就不由自主地冒出一股對她老大不耐煩的惡氣？不管怎麼說，珍真是個好人，只是令人煩躁。他與她在一起，從不覺得像與伊莎貝一起那樣心平氣和。然而珍是那樣的急於討好他，他說什麼都對，天啊，顯然無法藏住她的真情。

他環視室內。典型的珍式風格。有些擺設十分高雅，例如那件巴特西漆器就很精美。但旁邊擺的卻是個令人生厭的有手繪玫瑰的花瓶。

他拿起後者。

「珍，如果我把這個丟出窗外，你會不會很生氣？」

「哦！亞倫，不要這樣。」

「你要這些垃圾做什麼？你可以表現出好的品味，卻居然把它們擺在一塊！」

「我知道，亞倫。我不是不懂。但東西是人家送的。那個花瓶——貝茲小姐從馬加特帶回來的——她窮得一清二白，那東西一定花了不少錢；對她來說，你知道的，她以為我會很喜歡。我自然得把它擺在明顯的地方。」

艾佛瑞不再說話。他繼續四處看看。牆上有一兩幅銅版畫……還有一些嬰孩的相片。不管嬰孩的媽是怎麼想的，他們並不是個個都很上相。珍的朋友只要有了孩子，就急忙把孩子的相片送給她，期望她會珍視它們。珍盡責地珍視每張相片。

「這個小可怕是誰？」艾佛瑞斜眼看著一張新的胖嬰孩相片問道。「我以前沒見過他。」

「是她，」珍說，「瑪莉・卡林頓剛生的嬰孩。」

「可憐的瑪莉・卡林頓，」艾佛瑞說，「我想你會裝成喜歡那個小可怕整天斜眼看著你吧？」

珍的下巴揚了起來。

「她好可愛。瑪莉是我的一個老朋友。」

「忠誠的珍，」艾佛瑞笑著對她說，「所以伊莎貝就把溫妮丟給了你，對吧？」

「呃，她說你們想去蘇格蘭，因此我就來搶人了。你會讓我照顧溫妮的，對吧？我一直在想不知道你們可不可以讓她和我住個幾天，但我不喜歡開口問你們。」

「哦，你可以照顧她……但是你真的太好心了。」

「就這麼說定了。」珍快樂地說。

艾佛瑞點了一根菸。

「伊莎貝給你看了那張新畫像嗎？」他含糊地問道。

「有啊。」

「你覺得怎樣？」

珍答得很快，真的是太快了。

「太美了，簡直美得不得了。」

亞倫突然跳了起來，拿著菸的手顫抖著。

「該死的，珍，別撒謊！」

「但是，亞倫，我真的覺得畫得很美。」

「珍，你到現在還不知道我對你的語氣瞭如指掌嗎？我猜你對我撒下漫天大謊，是為了不傷我的感情。為什麼不誠實點呢？你以為我要你說那張畫有多好，而事實上你我都知道並非如此啊！那張該死的畫是死的——死板板的。裡面沒有生氣——後面也沒有，只有一個外表，天殺的，那是光滑的外表。我一直在自欺欺人……是的，甚至今天下午也是。我來你這裡探求真相。伊莎貝不懂，但是你懂，你一向都懂。我知道你會告訴我畫得真好……你對這種事沒什麼道德感。但是你的語氣會告訴我實情。從前我讓你看『羅曼史』的時候，你一句話也沒說……你不能呼吸，然後喘了一口氣。」

「亞倫……」

艾佛瑞沒給她說話的機會。她對他產生了他所熟知的效果。真是奇怪，這麼一個溫和的人，竟然能激起他如此澎湃的怒氣。

「也許你認為我已失去了能力，」他生氣地說，「但是我沒有。我能畫得跟『羅曼史』一樣好……也許更好。你等著瞧吧，珍·海華。」

他衝出了她的公寓。他走得很快，穿過了公園，來到亞伯特橋上，全身仍是憤怒不已。

珍，真是的！她懂什麼畫？她的意見算什麼？為什麼他要介意？但他的確介意。他要畫些能讓珍喘氣的畫。她的嘴巴會微微張開，雙頰會泛紅。她會先看看畫，然後看看他。或許她什麼話也不說。

走到橋中央，他看見他要畫的下一幅作品了。靈感不知從何而來。總之他看見了，是在空中，還是在腦海裡？

一間骯髒的古董店，看起來又暗又舊。櫃檯後面有個猶太人——瘦小的猶太人有雙狡猾的眼睛。在他面前的顧客高大整潔、傲慢富有、體型肥胖。兩人頭上的架子上有個白色大理石的希臘男孩半身雕像。光線照在男孩俊美絕倫的臉上，似乎對正在進行的交易輕蔑而漠不關心。他全都看見了。猶太人、有錢的收藏家，以及希臘男孩的頭。

「『鑑賞家』，我就這麼叫它，」亞倫．艾佛瑞喃喃地邊說邊走下人行道，差點被疾馳而過的巴士撞死。「是的，『鑑賞家』。我就畫給珍看。」

他一到家，就直接走進工作室。伊莎貝發現他在那裡整理畫布。

「亞倫，別忘了我們和馬區夫婦有飯局……」

艾佛瑞不耐煩地搔頭說：「去他的馬區夫婦。我要工作。靈感一來，就必須馬上畫下來……在消失前畫在畫布上。打電話告訴他們我死了。」

伊莎貝若有所思地看了他一、兩分鐘，才走出房間。她非常了解和天才相處的藝術。她打電話編了個尚稱可信的理由。

她四處張望，打個呵欠。然後坐在書桌前開始寫信。

親愛的珍：

今天收到支票，非常感謝。你對你的教女真好。一百英鎊十分管用。小孩的花費好凶。你那麼喜愛溫妮，所以我不覺得請你幫忙是錯的。亞倫像所有其他的天才一樣，只能畫他想畫的……不幸的是，那樣常不夠養家活口。

希望不久後就能見面。

伊莎貝　敬上

幾個月後「鑑賞家」完成時，亞倫邀珍來參觀。畫出來的畫和當初的構想雖然不盡相同，但是也差不多。他以身為創作者為榮。他畫了一張好作品。

這次珍沒說畫得非常好。她只是臉泛紅光，雙唇微張地看著亞倫。他在她眼中看到了他想看到的東西。珍知道。

他快樂極了。他證明給珍看了！

畫圖的事一拋到腦後，他開始重新注意到身邊的瑣事。

溫妮在海邊待了兩星期後，這對她真是獲益良多，但他注意到她的衣服十分破舊。他向伊莎貝提起這件事。

「亞倫！你從不注意這些事的！我喜歡孩子穿著簡單……我討厭他們穿得花稍。」

「簡單和破舊是不同的。」

伊莎貝沒說什麼，不過她給溫妮買了一件新洋裝。

兩天後，亞倫正忙著申報退稅事宜。他自己的存款簿攤在面前。正當他在伊莎貝的書桌搜尋她的存款簿時，溫妮闖了進來，手上抱著一個不成樣子的娃娃。

「爹地，我有一個謎語。你猜猜看好嗎？『乳白的牆壁裡，如絲的窗簾內，一個金蘋果浸在水晶海當中。』猜猜看是什麼？」

「你媽媽。」亞倫漫不經心地說。他還在找存款簿。

「爹地！」溫妮大聲笑了。「是蛋啦。你為什麼以為是媽咪？」

亞倫也笑了。

「我沒注意聽，」他說，「不知怎地聽來有些像媽咪。」

乳白的牆壁。窗簾。水晶。金蘋果。是呀，就像伊莎貝。古怪的東西，古怪的字眼。

他找到存款簿了。他命令溫妮離開房間。十分鐘後，他被一聲尖叫嚇得抬起頭來。

「亞倫！」

「嗨，伊莎貝。我沒聽見你進來。你看看，你存款簿上這幾個項目我看不懂。」

「你沒事翻我的存款簿做什麼？」

他瞪著她，心裡驚訝極了。她在生氣。他從沒見她生過氣。

「我不知道你會介意。」

「我是介意……事實上，我非常介意。你不該動我的東西。」

亞倫忽然也生氣了。

「我道歉。但是既然動了你的存款簿，也許你可以解釋這一兩條我不懂的款項。據我所知，今年就有將近五百英鎊的不明資金存入你的戶頭。這錢是哪來的？」

伊莎貝已平靜了下來。她當場坐到椅子上。

「亞倫，你不必看得這麼嚴重，」她輕快地說，「那不是什麼骯髒錢。」

「這錢是哪來的？」

「一個女人給的。你的一個朋友。也不是給我的，是給溫妮的。」

「溫妮？你是說……是珍給的？」

伊莎貝點點頭。

「她非常疼愛這孩子……為她做得再多也覺得不夠。」

「是啊，不過……這錢應該以溫妮的名義投資才對。」

「哦！不是啦。是給目前開銷用的，衣服啦，諸如此類的。」

亞倫沉默了。他在想溫妮的洋裝……破破舊舊的。

「你的帳戶也透支了，伊莎貝？」

「是嗎？這種事老是發生在我身上。」

「是呀，但是那五百英鎊……」

「亞倫呀，我已經以我知道最好的方法花在溫妮身上了。我可以保證珍十分滿意。」

亞倫卻不滿意。但伊莎貝是那麼的堅定，因此他不再多說了。畢竟，伊莎貝管錢漫不經心的。她不是蓄意把給孩子的錢花在自己身上。同一天他收到一張誤寄給他的帳單，是漢歐佛廣場一家裁縫店寄來的兩百多英鎊收據。他不發一語地遞給伊莎貝。她瞥了一眼，然後說：「可憐啊，你一定覺得數目龐大吧，但是人多少總得穿衣服的。」

第二天他去拜訪珍。

珍還是老樣子，難以捉摸，令人心煩。你就別管了吧。溫妮是她的教女。男人不了解女人的事。當然她不是要給溫妮買五百英鎊的衣服。就讓伊莎貝和她來處理這事好不好？她們彼此之間完全了解。

亞倫是在愈來愈不滿意的情況下離開的。他清楚地知道他避開了最想問的問題。他想說：「伊莎貝開口向你要錢給溫妮嗎？」他沒說出口，因為他怕珍可能撒不出足以瞞騙他的高明謊言。

但是他很擔心。珍很窮，他知道她很窮。她一定不可以傾其所有。他決心向伊莎貝攤牌。伊莎貝則是頗為鎮定。她保證一定不會讓珍超出能力範圍地花錢。

§

一個月之後，珍死了。

流行性感冒轉成肺炎。她指定亞倫當遺囑執行人，所有遺產都留給溫妮。但是東西其實不多。

清理她的文件是亞倫的任務。她留下了清楚的紀錄——懇求的信、感謝的信，以及許多善行的證據。

最後，他找到了她的日記和一張小條紙，上面寫著：

我死後請交給亞倫·艾佛瑞。他常責備我沒說實話。實話全在這裡。

他終於明白了。他找到了她唯一敢說實話的地方。那是她對他的愛的紀錄，非常率直，毫不做作。

沒有華麗的措詞，更少見多愁善感的語氣，但是也不規避事實。

「我知道你常覺得我煩，」她寫道，「我所說或做的事情總是惹你生氣。我不知道為什麼會這樣，因為我是那麼努力討好你；但不論如何，我一直都相信，我對你真的很重要。人不會對無關緊要的人發脾氣。」

亞倫會找到別的東西，這其實不是珍的錯。珍很忠誠……但她也很散亂；她把抽屜塞得太滿了。死前不久，她已謹慎地把伊莎貝的信都燒了。亞倫找到的那一封是掉在抽屜後頭的。他讀了以後，珍的支票存根上的某些神祕記號就解開了。在這封信裡，伊莎貝幾乎是明目張膽地替溫妮要錢。

亞倫在桌前坐了好久，雙眼視而不見地望著窗外。終於他把支票簿塞進口袋裡，離開了公寓。他走回切爾西，怒氣一路竄升。

他到家時伊莎貝不在，真是可惜。他十分清楚自己要說什麼。他往樓上工作室走去，拉出那張未完成的珍的畫像。他把它擺在靠近伊莎貝穿粉紅緞衣的肖像旁的畫架上。

蘭普利那個女人是對的，珍的肖像有生命力。他看著她熱切的眼神，和他否認不了的美麗。這就是珍……這凌駕於其他一切之上的活力，就是珍。他心裡想，她是他見過最有活力的人，活力充沛得甚至到了現在，他還不能把她當成已經死掉了。

然後他想到其他的畫作——「顏色」、「羅曼史」、「若夫．赫希曼爵士」。它們多少都和珍有關。她點燃了每一張畫的火花，惹得他怒氣沖沖地離開……以證明給她看！而現在呢？珍死了。他會再畫出……一張真正的畫嗎？他再次看了看畫布上熱切的臉孔。也許，珍離他並不算遠。

一個聲響使他轉過頭來。伊莎貝走進了工作室。她穿著一襲赴宴的直筒白袍，更顯得金髮閃閃生光。

她突然停住不動，到了唇邊的話也打住了。她小心翼翼地看著他，然後走過去坐在長椅上。她看來鎮定得很。

亞倫從口袋裡掏出那本支票簿來。

「我一直在整理珍的文件。」

「是嗎？」

他試著模仿她的平靜，免得發出顫抖的聲音。

「過去四年，她一直在供錢給你花用。」

「是的，給溫妮用。」

「不，不是給溫妮用，」艾佛瑞大喊，「你假裝，你們兩個都在假裝錢是給溫妮用的，但是你們兩個都知道事實並非如此。你知道珍一直都在賣她的股票嗎？她過一天算一天，為了好供你買衣服……買你並不是真正需要的衣服。」

伊莎貝的眼光從沒離開過他的臉。她像一隻白色波斯貓似的，把身子更舒服地靠在墊子上。

「如果珍要超出能力範圍地花錢，那我也沒辦法，」她說，「我假設她出得起。她一向非常愛你……我當然看得出來。有的妻子會對你總是衝去看她，而且長時間在那兒逗留的情況大驚小怪。但是我沒有。」

「你是沒有，」亞倫蒼白著臉說，「但你卻讓她付錢。」

「你非常無禮，亞倫。請收斂一點。」

「不是嗎？那為什麼你那麼容易向珍要到錢？」

「顯然不是因為她愛我，一定是出於她對你的愛情。」

「那就對了，」亞倫直言不諱。「她付錢買我的自由……依我自己方式作畫的自由。只要你的錢夠用，你就不會來吵我……不會來吵著我去畫一群可怕的女人。」

伊莎貝一語也不發。

「你怎麼說？」亞倫生氣地叫道。

她的沉默激怒了他。

伊莎貝低頭一直看著地板。

「你過來，亞倫。」
她拍拍身旁長椅。他不情願地過來坐下，看也不看她一眼。但他知道自己心裡害怕。
「亞倫。」伊莎貝接著說。
「什麼事？」
他煩躁不安。
「你剛才所說的也許全是真的。不過沒關係。我就是那個樣子。我要東西——衣服、錢，還有你。珍已經死了，亞倫。」
「你是什麼意思？」
「珍已經死了。現在你是我一個人的。你從前不是……不完全是。」
他看著她——看見她眼中的光芒，貪心、霸道——他覺得反感又迷惑。
「現在你全是我一個人的了。」
現在他比從前更了解伊莎貝。
「你要我做你的奴隸？依照你要我畫的去作畫，過你要我過的日子，一切唯你是從？」
「你高興的話也可以那樣說。說詞算不了什麼。」
他發覺她的雙臂纏上他的頸子，雪白、光滑、結實，像一面牆。腦中閃過幾個字眼。「乳白的牆壁。」他已經在牆裡面了，還能逃得出去嗎？他想要逃出去嗎？

他聽到她的聲音在耳邊如醉似夢地呢喃。

「活著還為了什麼？有了這些還不夠嗎？愛情，快樂，成功，愛情……」

牆壁愈長愈高，已經團團圈住了他……「柔軟如絲的帳幕」。帳幕包圍了他，他的呼吸有點困難，但是，多柔軟、多甜蜜啊！他們現在一起漂流，安詳地浮在水晶的海中。牆現在長得好高了，隔開了所有東西，那些危險而搗亂的東西，老是會害人的東西。在水晶的海裡，金蘋果就在手中。

珍的那幅畫像中的亮光暗淡了下去。

後記

如同克莉絲蒂早期許多首度發表在《皇家雜誌》的短篇故事一樣，〈牆內〉寫得有些曖昧不明。結尾時所說的圍繞白牆，可依字面上看成是形容伊莎貝·羅林環繞在亞倫·艾佛瑞身上的手臂，否則不知如何做其他解釋。

還有「金蘋果在手中」這句隱隱約約的用語——誰的手中？「金蘋果」代表的是什麼？也許亞倫先前對溫妮的謎語有了誤解，其實裡頭有什麼更為邪惡的意義？是不是他在故事結束時勒死了妻子？或是，由於珍那幅畫像中的「亮光」暗淡了下去，讀者應解讀為亞倫已經忘了珍而原諒了伊莎貝？而亞倫自己的死呢？克莉絲蒂沒多加說明，只是提到引起惡意的謠言，而且說這個故事的人正設法闢謠。

這個故事的主題也是阿嘉莎·克莉絲蒂最常用的「永遠的三角關係」。此主題散見於各式作品中，包括結構雷同的白羅探案系列《尼羅河謀殺案》、《豔陽下的謀殺案》，以及收錄在《十三個難題》中的短篇故事〈血染人行道〉。在《詐騙的天分》（出版於一九八〇年）一書中，克莉絲蒂作品的首席評論家勞勃·巴納德（Robert Barnard）詳述她是如何利用這個主題加上其他的老生常談，來當作她的「詐騙策略」，以誤導讀者的同情心（和疑心），進而玩弄他們的期盼於股掌之間。她的舞台劇也採取類似的策略，其中最有名的是一九五二年的《捕鼠器》。

08

巴格達櫃子的祕密

While the Light Lasts

新聞標題挺聳動的——我對我的朋友赫丘勒．白羅這麼說。我並不認識任何一位當事人，所以純粹從旁觀者清的立場來關心這件案子。

「沒錯，是有點東方的神祕味道。」白羅同意道，「那櫃子搞不好是從托特罕宮路買來的詹姆斯時代的仿製品，但是記者仍趣味盎然地給它命名為『巴格達櫃子』，還刻意將『神祕』兩字和它並列。在我看來，這案子和神祕兩字可沒什麼相干。」

「對極了。只能說是可怕、恐怖，卻不能說是神祕。」

「可怕、恐怖。」白羅沉吟著重複道。

「令人深惡痛絕！」我邊說邊站了起來，在屋裡來回踱步。「凶手殺了人——殺的還是自己的朋友——再將他塞在櫃子裡，半個鐘頭以後還在同一個房間和被害者的妻子跳舞。想想看，如果她曾想像過這種情況，哪怕只有一剎那……」

「沒錯。」白羅深思道，「女人的直覺，那個被吹噓得過火的法寶，這回似乎沒發生什麼作用。」

「那派對似乎進行得滿愉快的，」我微微地打了一個冷顫。「而在這整段跳舞打牌的時光裡，有個死人一直和他們待在同一個房間！這真的可以拿來寫一齣戲了！」

「早有人寫過啦，」白羅說，「值得寬慰的是，海斯汀，」他好心地接著說：「即使某個主題有人用過了，但是沒道理別人不能再用啊。寫一齣你自己的戲吧。」

我拾起那份報紙，端詳著上頭那張複製得頗為模糊的照片。

「她一定很美，」我慢慢地說，「即使是這種照片也仍然看得出來。」

橫在相片底下的說明是：

被害者之妻——克雷頓太太近照

白羅把報紙從我手上拿了過去。

「是的，」他說，「她是很美。毫無疑問地，她是生來教男人受苦的。」

他嘆息著將報紙交還給我。

「感謝上帝，我不是那種熱情如火的人，因而省掉許多尷尬事。真是謝天謝地。」

我不記得我們是否繼續討論這個案子。在那個時候，白羅對這案子並不特別感興趣。事實如此明白，又沒什麼含混不清的地方，繼續討論只是白費力氣而已。

克雷頓夫妻和李區少校是多年老友了。三月十號，推測中的案發當天，克雷頓夫婦本來接受了李區少校晚間聚會的邀約，但在七點三十分左右，克雷頓告訴正與他一同小酌的一位朋友克提斯少校說他臨時得趕到蘇格蘭去，所以必須搭八點的火車離開。

「我只有一點時間可以順道到老傑克那兒打聲招呼解釋一下，」克雷頓接著說，「瑪格麗塔當然會參加派對，至於我嘛就抱歉了。不過傑克會諒解的。」

克雷頓先生依言在大約七點四十分抵達了李區少校的寓所。那時候少校出門去了，不過由於男僕和克雷頓先生很熟，便建議他進屋子裡去等。克雷頓先生說他沒時間了，但可以進去留個便條。他還說自己正要去搭火車。於是僕人把他請到客廳去。

差不多五分鐘後，李區少校打開客廳的門回來了（僕人沒發現他的歸來），並叫這位男僕去買煙。回來後僕人將煙交給了主人。這時候客廳裡只剩少校一人，男僕自然以為克雷頓先生已經走了。

沒過多久，客人上門了。有克雷頓太太、克提斯少校和史賓斯夫婦。整晚大家隨著留聲機跳舞，玩撲克牌，子夜過後不久客人就離開了。

第二天早上清理客廳的時候，男僕吃驚地發現：李區少校從東方帶回來的巴格達櫃子底下和前方的地毯上，都沾了深色汙跡。

男僕本能地掀起蓋子，結果居然驚駭莫名地發現櫃子裡頭是一具被人刺穿心臟、摺成兩疊的屍體！

男僕魂不附體地衝出屋子，招來了最近的警察。死者經過證實是克雷頓先生。李區少校旋即被捕。當然了，少校辯稱他與此事完全無關。前一晚他根本沒見到克雷頓先生，蘇格蘭之行他是從克雷頓太太口中初次聽到的。

這就是整個案情赤裸裸的真相，其中自是充滿了嘲諷與暗示。李區少校與克雷頓夫人之間的親密情誼是如此受到強調，只有呆子才會看不出字裡行間隱藏的真意。犯案動機昭然若揭。

長年的經驗使我對無根無據的中傷採取保留態度。就現有的證據看來，眾人所猜測的那個動機說不定根本就不存在，而是其他原因引發了殺機。不過，有件事倒是相當明確：李區便是兇手。

若不是那天晚上，卻特登夫人有個晚宴要白羅和我務必參加，這個案子說不定就真的如我所說地被擱在一旁了。

儘管老是對社交活動咳聲嘆氣，並且一再宣稱自己熱愛獨處，白羅其實愛死了這些活動。他對於被當成名人大肆奉承特別感到窩心。

有時他簡直是自鳴得意。我曾目睹他泰然自若地接受別人無法無天的讚美，彷彿那不過是他應得的報酬，甚至還無比自負地說出「我最受不了庸庸碌碌」之類的諢話。

有時他會就這個話題和我爭辯。

「但是，我的朋友啊，我可不是盎格魯．薩克遜人[7]，幹嘛這麼偽善呢？是的，你是這

7　意指純正英國人。

麼做的，你們每個人全都這麼做。剛完成一趟艱難任務的飛行員、網球冠軍選手……全都低首斂眉地囁嚅說：『這沒什麼大不了的。』他們真的這麼想嗎？才怪！可是他們會讚美別人的英勇事蹟。這也就是說，一個明理的人同樣也會欣賞自己的英勇事蹟。只不過他們所受的訓練不讓他們這麼說罷了。而我呢，我可不同了。別人如果擁有我的才華，我也會向他們致敬。巧的是，在本人的行業裡，還沒有人能夠與我匹敵。多可惜啊！既然如此，那我大可自由自在、毫不做作地說我是個優秀的人。我在條理、方法和心理學上都有過人的造詣。我就是赫丘勒・白羅啊！為什麼非得滿面羞紅、吞吞吐吐地說我其實很笨呢？那根本就不是事實啊！」

「這世上的確只有一個赫丘勒・白羅。」我同意道……帶著一絲惡意。幸好白羅好像沒聽見。

卻特登夫人是白羅最熱情的崇拜者之一。打白羅從一隻北京狗的神祕行徑開始，解決了一連串導向某著名竊賊的案件之後，卻特登夫人便沒完沒了讚揚他。

宴會中的白羅真教人嘆為觀止。他完美無瑕的晚宴服，精美的白色領帶，對稱的中分髮型，髮油的光澤，以及那著名而顯赫得令人痛苦的小鬍子，加總起來刻畫出一幅完美而積習難改的花花公子形象。在那種時辰裡，實在很難把這個小男人當作一回事。

差不多十一點過半的時候，卻特登夫人走向我們，敏捷迅速地把白羅帶離一堆崇拜者。

甭說，我在一旁緊跟著。

「到我樓上的小房間來，」一旦脫離了其他賓客的聽力範圍，卻特登夫人便上氣不接下氣地對我們說，「你知道地方的，白羅先生。那裡有個極需幫助的人在等你。我知道你會伸出援手。她是我最好的朋友，所以……請別說不。」

卻特登夫人一邊說，一邊精力充沛地在前頭領路，然後衝開了一扇門。

「我把他帶來了，親愛的瑪格麗塔。你說什麼他都會依你的。你會幫助克雷頓太太對吧，白羅先生？」

她理所當然地認定白羅一定會點頭，然後帶著那已成為行動特質的充沛精力旋風似地離開了。

克雷頓太太本來坐在一張靠窗的椅子上，此刻正站起身子朝我們走來。身穿深色的喪服，那陰暗的黑色襯托她更顯白皙。她是個異常可愛的女子，帶著一種單純而孩子氣的坦白，混合成一種難以抗拒的魅力。

「愛麗絲・卻特登真是太好心了，」她說，「她做了這樣的安排。她說你會幫助我。白羅先生。當然我不知道你究竟會不會對我伸出援手，但我希望你是願意的。」

她伸出手來，白羅握住它好一會兒，就近仔細觀察她。這個舉動裡頭沒有什麼不禮貌的成分，姑且就說這是一個名醫對新收病患所投注的溫和審視吧。

「夫人，你真的確定，」他終於說，「我幫得上忙嗎？」

「愛麗絲是這麼說的。」

「沒錯。但我問的是你，夫人。」

她的臉頰微微紅了起來。

「我不明白你的意思。」

「我的意思是，夫人，你想要我做什麼？」

「你……你……知道我是誰嗎？」她問。

「我當然知道。」

「那你應該猜得出來我想請你做些什麼事，白羅先生……還有海斯汀上尉。」我很高興她認出我。「我丈夫不是李區少校殺的！」

「為什麼不是？」

「請你……再說一遍？」

白羅因這小小的干擾而失笑。

「我說『為什麼不是』。」他重複道。

「我不太懂。」

「很簡單。警察也好，律師也罷，都會問同樣一個問題：李區少校為什麼殺了克雷頓先生？我問的正好相反。我問的是，夫人，李區少校為什麼沒殺克雷頓先生？」
「你是說……我為什麼能夠如此確定？但我就是知道啊。我那麼了解李區少校！」
「你那麼了解李區少校。」白羅正經八百地重複道。
她的雙頰變得像火一樣紅了。
「沒錯，那就是他們說的，那就是他們以為的！哦，我就知道！」
「這倒是真的。他們會問……你有多了解李區少校。也許你會吐露實情，也許你會說謊。對女人而言，說謊是必要的，那是一項好武器。但是，夫人，這世界上女人必須對三個人說實話，那就是她告解的神父、她的髮型設計師，以及她的私家偵探……如果她信任他的話。你信得過我嗎，夫人？」
瑪格麗塔．克雷頓深深地吸了口氣。
「是的，」她說，「我信得過你。我非信得過你不可。」她孩子氣地加了一句。
「那麼，你有多了解李區少校呢？」
她安靜地凝視了他好一會兒，然後挑釁地揚起下巴。
「好吧，我回答你。兩年前，第一眼見到傑克時，我就愛上他了。最近我覺得……我相信，他也愛上了我。但是他從未說出口。」
「太好了！」白羅說道，「你如此直言無諱，足足省了我一刻鐘的時光。你真識時務。

那麼你丈夫……他起疑了嗎？」

「我不知道。」瑪格麗塔慢慢地說，「我覺得……最近……也許吧。他的態度不太一樣了。但也許只是我自己的想像而已。」

「沒其他人知道？」

「應該沒有。」

「請原諒我這麼說，夫人，你不愛你丈夫？」

絕少有女人會將這個問題回答得像她這麼乾脆，通常她們都會試著解釋什麼的。瑪格麗塔・克雷頓卻只是很簡單地說：「不愛。」

「很好。現在我們知道自己的立場了。根據你的說法，夫人，李區少校沒殺你的丈夫。但你知道所有的證據都指向是他幹的。就你個人所知，這證據有任何破綻嗎？」

「不，這方面我一無所知。」

「你先生何時第一次告訴你他要去蘇格蘭？」

「剛吃完午餐的時候。他說那差事很煩瑣，但還是得去。好像和土地的價格有關，他是這麼說的。」

「後來呢？」

「他就出門了。上他自己的俱樂部吧，我猜。然後……然後我就沒再見到他了。」

「關於李區少校，他那一晚的神情是怎樣的？和平常一樣嗎？」

「嗯，我想是吧。」

「你不敢肯定？」

瑪格麗塔皺起了眉頭。

「他……表情有一點僵硬……對我，不是對別人。但我覺得自己能夠理解。你懂嗎？我確定他的僵硬，或者說心不在焉……比較貼切的說法應該是心有旁騖——與艾德華一點關係也沒有。聽說艾德華去了蘇格蘭，他的反應挺滿意的，但是那並不過分。」

「除此之外，你不覺得那天晚上有什麼不尋常的事？」

瑪格麗塔努力思索。

「沒有，真的沒有。」

「你……有注意到那櫃子嗎？」

她打了一個小小的冷顫，搖了搖頭。

「我根本不記得有那個櫃子，甚至那櫃子長什麼樣子也不知道。我們幾乎整晚都在打撲克牌。」

「誰贏了？」

「李區少校。我的手氣很差，克提斯少校也是。史賓斯夫婦贏了一些，不過李區少校是大贏家。」
「派對是什麼時候結束的？」
「差不多十二點半吧，我想。所有人是同時離開的。」
「喔。」
白羅不說話了，迷失在自己的思緒裡。
「真希望我能多幫些忙，」克雷頓太太說，「但是看樣子，我只能告訴你這麼多。」
「關於現在……是這樣沒錯。但過去呢，夫人？」
「過去？」
「是的。發生過任何意外嗎？」
她的臉紅了。
「你指的是那個射傷自己、而且令人討厭的小個子嗎？那不是我的錯。白羅先生，真的不是我的錯。」
「我指的不盡然是那樁意外。」
「那你說的是那場荒謬的決鬥了？不過，義大利人動不動就喜歡決鬥。那男人沒被殺死，我真是太感謝了。」
「你一定覺得如釋重負。」白羅嚴肅地同意道。

她不解地看著他，而他站起來握住她的手。

「我是不會為你決鬥的，夫人，」他說，「但是我會照你的要求去做並找出真相。希望你的直覺是對的……希望真相能夠幫助你，而不是傷害你。」

我們第一個訪談的對象是克提斯少校。他年約四十，標準的軍人體格，髮色深黑而肌膚古銅，和克雷頓以及李區少校都已經相識多年。他證實了新聞報導的說法。

將近七點半的時候，克雷頓和他一同在俱樂部裡小酌。隨後克雷頓說，他打算在前往休斯頓的途中順道去拜訪李區少校。

「克雷頓先生的神情如何？沮喪還是愉快？」

少校口齒不怎麼伶俐，思索了好一會兒之後才說：「看起來心情滿愉快的。」

「他沒提到自己正和李區少校交惡嗎？」

「天啊，沒有。他們是老交情了。」

「他沒對他太太和李區少校之間的──呃，友誼──表示反感嗎？」

少校脹紅了一張臉。

「你讀了那該死的報紙！謊話連篇！他當然不反對了。他甚至還跟我說：『瑪格麗塔當然該參加晚宴。』」

「我知道了。關於那場晚宴，李區少校的神情……和平常差不多嗎？」

「我沒注意到任何不一樣的地方。」
「那麼夫人呢？她也和平常一樣嗎？」
「這個嘛，」他回應道，「現在回想起來，她是有一點沉默。你知道的，心裡有事，感覺上有些恍惚。」
「最先抵達的是誰？」
「史賓斯夫婦。我到的時候他們已經在場了。事實上，我本來想招呼克雷頓太太一起過去的，去了才發現她已經出發了。所以我其實到得有點晚。」
「那你們做些什麼消遣呢？跳舞？打牌？」
「統統都有。剛開始先是跳舞。」
「總共五個人不是嗎？」
「是的，不過那沒什麼關係，因為我不跳舞。所以我放音樂給他們跳。」
「最常湊在一起跳的是哪些人？」
「呃，事實上史賓斯夫婦喜歡自家湊一對。他們對跳舞很狂熱，喜歡花稍的舞步。」
「也就是說，克雷頓太太幾乎都在和李區少校跳舞了？」
「差不多就是那樣。」
「然後你們打牌？」

「是的。」

「幾時離開的？」

「啊，滿早的。午夜剛過吧。」

「你們是一道走的嗎？」

「是啊。事實上我們共乘一輛計程車。克雷頓太太最先下車，接著是我，然後史賓斯夫婦就搭著它上肯辛頓去了。」

接下來我們訪問了史賓斯夫婦。只有史賓斯太太在家。除了對李區少校的好手氣有些吃味之外，她的描述與克提斯少校一致。

上午稍早，白羅和蘇格蘭警場的傑派警探通過電話。因此我們來到李區少校的住處。他的男僕波果內前來迎接我們。

男僕的證詞精確而清楚。

克雷頓先生是七點四十分抵達的。不幸的是，李區少校剛巧就在那個時候外出。克雷頓先生說他得去趕火車，沒辦法久等，但是可以留個便條。因此他走進客廳去寫便條。波果內並沒聽到自家主人進屋的聲響，因為他當時正在幫浴盆放水，想當然耳，李區少校用他自己的鑰匙進了門。據男僕自己估計，李區少校把他叫去買菸大約是十分鐘後的事。沒有，他沒走進客廳，因為少校就站在門口。五分鐘後他買完菸回來，這回他有走進客廳了。除了站在窗邊抽菸的主人之外，客廳裡空無一人。主人問說洗澡水放好了沒有，他回答說已經好了。於是主人洗澡去了。波果內沒對主人提到克雷頓先生，因為他以為主人一定在客廳裡遇過克雷頓先生，隨後自己送客人出門去了。主人神色如常地洗澡更衣，沒多久史賓斯夫婦便到了。接著抵達的是克提斯少校和克雷頓太太。

波果內解釋道，他想都沒想過，克雷頓先生可能在主人返家之前離開。因為出去之後他必得將前門用力拉上，那樣的話，男僕確信自己一定會聽見。

波果內接著冷靜地說明他發現屍體的經過。我首次注意到那個致命的櫃子。那是一件靠牆而放、尺寸頗大的家具，就擺在留聲機櫃的旁邊。櫃身是某種深色木頭做成的，上頭釘了許多銅釘。蓋子很容易打開。我朝櫃子裡面看去，不禁打了一個冷顫。雖然給徹底刷過了，但是不祥的汙跡仍在。

白羅突然開口了，「那邊的那些洞……有點古怪。依我說，它們是最近才被弄出來的。」

他所說的洞位於櫃子靠牆的那一面，大約三到四個，直徑差不多是四分之一吋，很明顯地帶著新鑿的痕跡。

白羅彎下腰去檢視它們，朝著男僕投去詢問的眼神。

「真的很奇怪，先生，我不記得以前看過這些洞。不過，也許只是我沒注意到。」

「沒關係。」白羅說。

關上蓋子，他一步一步退回房間，直到背脊抵住了窗子。他突然問了一個問題。

「告訴我，」他說，「那天晚上，你把菸拿來給你主人時，是不是有什麼東西不在它原來的位置上？」

波果內遲疑了一會兒，然後有些猶豫地回答：「真奇怪你會這麼問，先生。不過既然你提起了，是的，那邊那個用來擋風——就是會從臥房門口吹過來的風——的屏風，往左邊移動了一點點。」

「像這樣？」

白羅敏捷地移向前去拉動屏風。那是一座精美的皮繪屏風，本來已經多少妨礙了櫃子的能見度，經由白羅這麼一拉，櫃子就完全看不見了。

「沒錯，先生，」男僕說，「就是這樣。」

「那麼第二天早上呢？」

「我記得還是這樣。我把它移開後才看到那些汙跡的。地毯送洗了，先生，所以地板上光禿禿的。」

白羅點了點頭。

「我明白了，」他說，「謝謝你。」

他在男僕掌心裡放了張清脆響亮的紙鈔。

「謝謝你，先生。」

「白羅，」來到街上的時候我說，「屏風的那個細節……對李區有用嗎？」

「有害，」白羅悲憫地說，「從那房間看過去，屏風遮住了櫃子，也遮住了地毯上的汙跡。但是鮮血遲早會浸透木材，滲到地毯上去。那座皮繪屏風可以暫時遮掩一下。沒錯……但這裡頭有件事我想不通。那男僕，海斯汀啊，那個男僕。」

「那男僕怎麼了？似乎是個頂聰明的傢伙。」

「如你所言，他聰明極了。但這一來說得通嗎？第二天早上屍體一定會被男僕發現，李區少校會想不到這一點嗎？想當然耳，殺人之後他沒有時間做任何處理，所以就把屍體塞進櫃子裡，拉過屏風來擋住它，度過整個晚上，心中期盼別出差錯。但是客人走了以後呢？應該就有時間去處理屍體了吧。」

「也許他以為男僕不會注意到那塊汙跡？」

「我的朋友，那就太荒謬了。弄髒的地毯是好僕人該注意到的第一件事。而且李區少校居然什麼也沒做，就這樣上床就寢、酣然入夢？這可不太尋常。有意思。」

「那天晚上，克提斯在換唱片的時候，說不定看到了那些汙痕？」

「不大可能。屏風必然在那個地方投下一大片陰影。不。但我開始明白了。是的，我開始有一點明白了。」

「明白什麼？」我急切地問。

「這麼說吧，似乎有了翻案的可能。我們下一個訪談者也許可以使案情明朗化。」

接下來我們走訪了檢驗屍體的醫師，他只是重複他早已提出的驗屍報告摘要。死者被一把狹長小劍之類的銳器刺入心臟，刀就插在傷口上。死者立即斃命。刀為李區少校所有。這把刀一向擺在他的寫字桌上。就醫生所知，刀上沒有指紋，可能是被擦掉了，或是以手帕裹刀。至於死亡時間是介於七點到九點之間。

「他有沒有可能……呃，譬如說，是在午夜過後遇害的？」

「不會，這個我敢打包票。最晚不超過十點，不過看來應該在七點半到八點之間。」

「有第二種假設的可能性，」回到家以後白羅說，「我不知道你是否明白了，海斯汀，對我而言已是再清楚不過的事情了，我只需再弄清楚一個細節就可以搞定全案。」

「不行，」我說，「我還是不明白。」

「試試看吧，海斯汀，試試看嘛。」

「好吧，」我說，「七點四十分的時候克雷頓還活得好好的。最後一個看到他的人是李區……」

「我們是這麼假設的。」

「哦，不是嗎？」

「你忘了，我的朋友，李區少校否認了這個說法。他很明確地表示，他回來的時候，克雷頓已經離開了。」

「可是男僕說克雷頓如果走了，他會聽到關門聲。再者，克雷頓如果離開過，那他又是幾時回來的呢？不可能是子夜過後，因為醫生很肯定地說他是十點以前遇害的。那就只剩下一個選擇了。」

「是什麼呢，我的朋友？」白羅問。

「在那克雷頓獨處於客廳的五分鐘裡頭，有另一個人進來殺了他。但這麼一來，我們又要走入同一個死胡同了。只有持有鑰匙的人才能在不驚動男僕的情況下進得了屋子，而凶手離開時門同樣會砰然撞上，這樣一來男僕還是會聽見。」

「說得對，」白羅說道，「因此呢……」

「因此……沒啦，」我說，「我找不出其他解答。」

「真可惜，」白羅喃喃說道，「這其實非常簡單……簡單得就像是克雷頓太太的藍眼睛一樣。」

「你真的相信……」

「我什麼也不信，除非取得證據，只要一丁點證據就夠了。」

他拿起電話筒，撥給了蘇格蘭警場的傑派。

二十分鐘後，我們兩人身前的餐桌上擺了一堆雜七雜八的東西……從死者口袋裡整理出來的。

有一條手帕，一把零錢，錢包裡有三英鎊十先令，兩份帳單，以及一張瑪格麗塔．克雷頓的舊照片。另外還有一把小刀，一枝金色鉛筆和一個很累贅的木頭工具。

白羅俯身撿起最後那樣東西。他打開那工具，幾樣小小的刀葉露了出來。

「看吧，海斯汀，一支螺絲錐，以及其他種種東西。啊哈，有了這個，短短幾分鐘就可以在櫃子上鑿出好幾個洞來！」

「我們見到的那些洞？」

「完全正確。」

「你是說，那些洞是克雷頓自己鑿出來的？」

「是啊，是啊！那些洞告訴了你什麼呢？它們位於櫃子背部，因此不是用來偷窺的，既然如此，那是用來幹嘛的？很明顯是為了透氣吧？但是死人不需要透氣孔，所以洞一定不是凶手打的。這代表了一件事——單單一件事——那就是，某人打算藏身在那櫃子裡面。這一來事情立刻就可以解釋得通了。克雷頓對妻子與李區之間的事非常嫉妒，所以玩了那套老掉牙的聲東擊西之計。他守候到李區出門，堂而皇之地進屋，獨自一人留在客廳裡寫紙條，就在這時候很快地在櫃子上打洞，然後躲了進去。他的妻子晚上就會過來。也許李區會把其他人支開，也許其他人都走了之後她會留下來，或假裝離去然後再折回來。無論如何，克雷頓想把事情弄個明白。任何結論都比這苦苦折磨他的質疑要來得好。」

「你的意思是說，李區在客人離去之後把他殺了？但醫生說那是不可能的呀！」

「完全正確。所以你瞧，海斯汀，他一定是在晚宴中遇害的。」

「但是每個人都在那屋子裡面呀！」

「一點也沒錯。」白羅嚴肅地說，「你發現這件事的精妙之處了嗎？『每個人都在那屋子裡面。』這是什麼樣的不在場證明！何其冷靜，何其勇敢，何其大膽！」

「我還是不懂。」

「誰在屏風後頭操作留聲機、幫它換唱片？記得嗎，留聲機和那櫃子是並排在一起的。其他人一路跳舞，留聲機一路運作。而那個不跳舞的人掀起了櫃子的蓋子，用他剛剛摸進袖子裡的刀子，深深刺入藏身其中的男人身體。」

「不可能！他應該會叫！」

「如果他已被迷昏就不會叫了吧？」

「迷昏？」

「是啊。誰七點半的時候和克雷頓一道小酌？啊哈，現在你明白了。是克提斯！克提斯在克雷頓心中煽起對妻子和李區的疑心。克提斯提供了這項計畫……蘇格蘭之行啦，隱身於櫃子裡啦，最後移動屏風以完成整個布局。這並不是為了讓克雷頓得以移開蓋子稍事喘息，不，這是為了讓克提斯自己能夠在不為人所見的情況下掀開蓋子。這是克提斯的計畫，仔細瞧瞧這箇中的精妙之處，海斯汀。如果李區注意到屏風移了位，將它拉回去，嗯，那也無妨。他可以再擬其他的計畫。克雷頓藏身在櫃子裡，而克提斯施放的少量麻藥開始生效，於是他失去了意識。克提斯掀起蓋子動了手，而留聲機繼續播放〈陪我的寶貝走回家〉。」

我好不容易才說出話來。

「但是，但是……為什麼？」

「為什麼有人會射傷他自己？為什麼兩名義大利人要決鬥？克提斯是那種悶燒型的人。他想要瑪格麗塔・克雷頓。只要她老公和李區不在那兒擋路，她就會……或者說他以為她就會是他的人了。」

他深思地加上一句：「這些單純而孩子氣的女人……她們是非常危險的。但是，我的天啊！這是多麼巧妙的傑作！要吊死這樣一個人真令我不捨。我自己也許是個天才，但我也很能辨認出其他的天才。好一個頂級謀殺犯，我的朋友，我赫丘勒・白羅要告訴你，他是個頂級謀殺犯。了不起！」

後記

〈巴格達櫃子的祕密〉最早發表於一九三二年元月號的《河岸雜誌》，原本是〈西班牙箱子之謎〉的初稿；〈西班牙箱子之謎〉這個短篇故事後來收錄在一九六〇年的《哪個聖誕布丁？》書中。該短篇由第三人稱加以敘述，海斯汀並未出場。

赫丘勒．白羅於一九二〇年在《史岱爾莊謀殺案》裡初次登場。這個故事是克莉絲蒂在托基毒品勒戒所工作時，為了回應她姐姐的挑戰而寫成的小說。五十五年以後，白羅在克莉絲蒂身故前不久出版的《謝幕》中去世時，他的年齡仍舊祕而不宣。儘管《謝幕》的原文是約三十年前寫成的，我們根據事件的前後順序來判斷，仍須假設故事發生於七〇年代初期，只比他的「倒數第二樁」案子《問大象去吧》（出版於一九七二年）稍稍晚了一點。在《謝幕》一書中，白羅算來至少已經有八十多或接近九十歲了，這表示在《史岱爾莊謀殺案》中他應該是三十出頭。此書的故事發生於一九一七年，其中將白羅描述成一個「花花公子般有趣的小個子，行走跛著腿……他身為偵探的才華著實非比尋常，而且已經成功地破解了某些當時最不可解的懸案」。尤有甚者，在白羅初次登場的短篇故事〈凱旋舞會〉（收錄在一九七四年《白羅的初期探案》）裡，他被描述成「前比利時警察局長」。至於派給他的這條「壞腿」，雖然在後來的許多案子裡並未形成什麼大礙，卻很可能是白羅退休的主因。總之，在史岱爾莊裡，許多後續小說中也登場亮相的詹姆斯．傑派警探，想起了他如何在一九〇四年和白羅共同解決「亞伯國幣偽造案」——當時白羅最多只是個十幾歲的毛頭少年罷了，如果《謝幕》中他是八十好幾的話！

一九七五年九月，作家兼評論家基亭（H. R. F. Keating）在一篇紀念《謝幕》出書的文章中提出一個可能的答案——白羅死時是一百一十七歲。基亭更進一步暗示說，白羅說不定還有更多不為人知的事情呢！

最後的定論也許該由白羅的創作者來下。在一九四八年接受訪問時，她言之過早地評論道：「他活了這麼久，我真的早該把他除掉了。但我一直沒機會這麼做。書迷們不肯答應。」這話說在《謝幕》完成後沒幾年，但此書一直過了將近三十年後才出版！

09

殘光夜影

While the Light Lasts

那輛福特汽車一路碰碰撞撞地前行，毫不留情的非洲烈日炎炎高照。在所謂的馬路兩旁，一望無際的樹林起起伏伏地柔和擺動，令人覺得倦怠又出奇平靜。沒什麼鳥叫聲來打攪這一片沉睡中的寂靜。有一次，車前來了一條蠕蠕而行的過路蛇，輕易地蜿蜒逃過司機的追殺。還有一次，草叢裡鑽出個土著，腰桿挺直，威嚴十足，後頭跟了一個背著嬰孩的寬肩女人，全部的家當都帶在她身上，包括一個堂而皇之頂在頭上的鍋子。

這一切喬治．寇積都毫無遺漏地一一指給他的妻子看。而她只是興趣缺缺地用單音節回答他，這令他十分不快。

「又在想念那傢伙。」他怒氣沖沖地推測。

私底下，他都是這麼稱呼黛瑞．寇積的第一任丈夫。那傢伙在戰爭的第一年死了，而且是在對德軍的西非戰役中戰死的。她理當也許……他偷看了她一眼，她真是貌美如花，雙頰紅潤，皮膚又白又光滑，身材凹凸有致……也許比很久以前她被動地答應他求婚時還要豐腴些。然而被戰事一嚇，她突然拋棄了他，衝動地與她那瘦削黝黑的年輕情人提姆．紐津舉行了戰爭婚禮。

好啦，現在那傢伙死啦——英勇的戰死啦——而他，喬治．寇積也娶了他一心想娶的女孩。她也喜歡他；怎麼會不喜歡呢，他可是有錢又對她千依百順。他得意地想起最近送她的禮物。由於他與金伯利的戴比爾斯鑽石公司的董事們有特殊交情，因此有辦法買到一顆市面上買不到的稀有鑽石。這顆鑽石並不特別大，但是顏色非常珍貴稀有，是一種近乎古董黃金的深琥珀色，堪稱是百年難得一見的寶貝。想起她看到鑽石那當下的眼神！女人對鑽石的反應都一個樣。

他被迫回到現實世界，因為他必須雙手抓牢方向盤以免被拋出車外。他喊出了也許是第十四次的驚叫聲，然而他的怒氣是情有可原的，他是兩輛勞斯萊斯的車主，而且是在文明世界的大路上奔馳。

「天啊，真是破車一輛，爛路一條！」他繼續怒道，「到底這勞什子的菸草場在哪裡？我們離開布拉瓦約[8]已經超過一個小時了。」

「失落在羅德西亞[9]。」黛瑞在兩次不由自主的空中彈跳之間悠哉地說。

褐色皮膚的司機在聽完他們的控訴後，告訴他們一個好消息：再轉個彎就到目的地了。由於喬治．寇積在菸草工會的高位，菸草場的管理人華特先生恭敬地在門廊上等著接待他們。他介紹了他的媳婦給黛瑞，好帶她穿過陰暗涼爽的走道，進入裡面的臥室脫下面紗。

8 布拉瓦約（Bulawayo），辛巴威西南部一城市。

9 羅德西亞（Rhodesia），指南羅德西亞，原為英國殖民地，一九六五年單方面宣布獨立實行自治，但英國視為非法，一九八〇年成為黑人國家辛巴威。

她乘車外出時，總是小心翼翼地護住皮膚。當她用一貫從容優雅的方式解開別針時，她注意到這間刷石灰水的臥室十分簡陋，一點也不舒適。這讓像貓愛奶油一樣喜歡享受的黛瑞不禁打了個寒顫。牆上印著一段經文。「人若獲得全世界，卻失去他的靈魂，那又有什麼用？」這個問題是對每個人和所有人提出的。然而黛瑞暗自慶幸這個問題與她無關，隨即轉過身去陪伴她害羞沉默的嚮導。她有點惡毒地注意到她的大屁股和難看的廉價棉布衣。她欣賞的眼光接著落到自己身上簡單但昂貴的法國白麻布衣服上。美麗的衣服，尤其是穿在自己的身上，會激起她的藝術家快感。

兩個男人正在等她。

「你一起來的話會不會覺得無聊，寇積太太？」

「一點也不會。我從未參觀過菸草工廠。」

他們步入了羅德西亞寂靜的午後。

「這裡都是幼苗，我們依需求種植。你看……」

管理人的聲音低沉而單調，中間穿插著她丈夫敏銳的陸續發問——生產量、印花稅、黑人勞工的問題。她不再注意傾聽。

這裡是羅德西亞，是提姆所熱愛的土地，是他和她要在戰爭結束後一同前來的地方。如果他沒死的話！每次想到這裡，她就屢試不爽地一肚子淒苦。短短兩個月……他們只共處了兩個月。兩個月的幸福……如果狂喜攙雜著痛苦也能叫作幸福的話。愛情等於幸福嗎？情人的心不是被一千個折磨糾纏的嗎？她熱烈地活過了那短短的一段時間，但目前悠閒安逸又滿足的生活她以前嘗過嗎？生平第一次她不情願地承認，也許這樣是最好的生活。

「我不會喜歡定居在這裡。也許我能使提姆快樂，也許我會令他失望。喬治愛我，我也喜歡他，而且他對我非常非常好。啊，看看那顆他那天才買給我的鑽石。」想到鑽石，她滿心歡喜地微微垂下眼瞼。

「這是我們把葉子穿線的地方。」

華特帶領他們進入一間又矮又長的棚屋。地上堆著一大堆綠色的菸葉，穿白衣的黑人圍坐在旁，熟練地揀選、分類，然後用原始的針把葉子穿在長線上。他們快樂而從容地工作，互相開玩笑，露出白色的牙齒。

「現在，外頭……」

他們走過棚子，再次來到陽光下，一條條的葉串吊在日頭下曝曬。黛瑞敏感地嗅到空氣中幾乎聞不出來的菸草味。

華特引他們到另一個棚子去。曬乾變黃的菸葉在這裡加工。這裡很暗，頭上的褐色乾葉一碰即碎。味道更濃了，幾乎蓋過了一切。突然一陣無名的恐懼席捲了她，把她從菸味瀰漫、陰暗可怕的棚屋裡趕到陽光下。寇積注意到她臉色蒼白。

「親愛的，你怎麼了？不舒服嗎？也許是太陽的關係。最好不要跟我們來吧，好嗎？」華特十分擔心。寇積太太最好回屋子休息。他叫來不遠處的一個人。

「亞頓先生……寇積太太。寇積太太熱得有點受不了，亞頓。你帶她回屋子去，可以嗎？」

那陣暈眩已經消失了。黛瑞走在亞頓身旁。她幾乎還沒看他一眼。

「黛瑞！」

她的心臟猛地跳了一下，全身動彈不得。世界上只有一個人會這樣叫她，把她名字的第一個音節稍微加重，唸得好像在愛撫她似的。

她轉頭去看站在身旁的男人。他被太陽曬得漆黑，走路有點跛，靠她這邊的臉頰上有一道變臉的疤痕，但是她認得他。

「提姆！」

她覺得似乎過了好久好久，他們互相凝視，顫抖著說不出話來。然後不知怎地，他們緊緊擁抱在一起。時光倒轉，似乎從未在他們之間流逝過。終於他們再次分開，黛瑞也知道自己問了個白癡問題：「那麼，你是沒死了？」

「沒有，他們一定是把別人錯認是我了。我的頭部受到重擊，但醒過來之後就爬進樹叢裡躲起來。後來好幾個月我都神志不清，但有個友善的部落民族照顧我，直到復原後，我才回到文明世界。」他停頓了一下。「我知道你已經再婚六個月了。」

黛瑞哭了出來。

「哦，提姆，請你諒解吧！日子真是難過，寂寞……又窮困。我不介意與你一同過苦日子，但是我獨自一個人沒勇氣應付這些困難。」

「沒關係的，黛瑞，我了解。我知道你一向嚮往過好日子。我把你帶走了一次……第二次，呃……我失去了勇氣。我傷得太嚴重了，你看，不用拐杖就幾乎走不動，加上臉上這道疤。」

她深情地打斷了他。

「你以為我會介意那個嗎？」

「不，我知道不會。我好蠢。有些女人真的會在意，你知道。我決定設法看你一眼。如果你看來很快樂，如果我認為你喜歡和寇積過日子……那麼我就繼續裝死。我看見了你。你正要坐上一輛華車。穿著非常漂亮的黑貂皮大衣——我做工做到把十個指頭都磨穿了也無法供你這樣的衣服——而且……呃，你看來滿快樂的。我不再有從前的力氣和勇氣了，戰前的自信心也蕩然無存。我放眼只見支離破碎的自己，一無是處，幾乎養不活你……而你是那麼美麗，黛瑞，是美女中的美女，值得寇積給你的一切皮裘珠寶華服加上其他一百零一樣奢侈品。那個——加上——呃，看見你們在一起的痛苦，幫我做了決定。每個人都相信我死了。

我就繼續死了吧。」

「痛苦！」黛瑞低聲重複說道。

「啊，該死的，黛瑞，真是痛苦啊！我並不怪你。不怪你。但真的是苦啊。」

兩個人都不說話。然後提姆捧起她的臉，以從未有過的溫柔吻了她。

「但這一切都過去了，甜心。剩下的只是怎麼和寇積攤牌而已。」

「噢！」她突然掙開他的懷抱。「我還沒想到……」一眼瞥見了出現在轉角的寇積和管理人，她馬上住口，並飛快地回頭低聲說：「現在什麼事都別做。讓我來。給他一點準備的時間。明天能在哪裡見面？」

紐津想了一想。

「我可以去布拉瓦約。標準銀行旁邊那家咖啡館如何？三點的時候沒什麼人。」

黛瑞點了一下頭表示同意，然後轉身加入其他兩人。提姆．紐津望著她，微微皺起了眉頭。她的態度令他有點不解。

§

回家的路上，黛瑞一語不發。在「中暑」的藉口下，她一路盤算著要如何啟齒。她該怎麼告訴他呢？他的反應會如何呢？一種不熟悉的疲憊感似乎主宰了她。她愈來愈想把這個難題盡量往後延。明天再說也不遲。三點以前會有足夠的時間。

旅館住起來非常不舒適。他們的房間在一樓，面對著中庭。當晚黛瑞站在那兒，嗅著有霉味的空氣，橫眼看著房裡庸俗的家具，心裡思念的是薩里郡松林環繞又舒適華麗的曼克頓宮。當女僕終於替她卸完妝離去後，她慢慢走向珠寶盒。掌中金黃色的鑽石閃閃發光，似乎在回應她的凝視。

她猛然把鑽石放回盒裡，砰地關上蓋子。明早她會告訴喬治的。

她睡得很不安穩。厚重的蚊帳堆疊得她呼吸相當困難。無所不在的擾人蚊聲點綴著暗夜的悸動。她渾身無力，臉色蒼白地醒過來。一大早就如此喧嘩吵鬧，叫人家怎麼談這件事呢！

她整個早上都躺在床上休息，午餐時刻的到來驚動了她。喝咖啡的時候，喬治．寇積提議開車去馬托波思逛逛。

「馬上出發還來得及。」

黛瑞搖搖頭說她頭痛，然後她心想：「就這麼辦好了。我不能匆促下決定。畢竟，差個一天有什麼關係呢？我會向提姆解釋的。」

她揮手送走了坐著福特老爺車揚長而去的寇積。然後她看了錶，慢慢走到會面地點。

這個時段咖啡館裡空無一人。他們落了座，點了南非人日夜必喝的茶。兩人一句話也不說，直到女侍送上了茶，退回她粉紅色布幕後的地盤。

「你告訴他了嗎？」

她搖搖頭，潤潤唇，想說話卻說不出口。

「為什麼不告訴他？」

「找不到機會，沒有適當的時機。」

甚至連她自己都聽得出這理由編得不具說服力。

「那不是真正的原因，還有其他理由。昨天我就有點懷疑，今天我更十分確定了。黛瑞，是什麼事？」

這是真的。他一說出口她就知道了，雖然強烈地感到羞恥，但她毫無疑慮地知道了。他的眼睛仍然仔細地看著她。

「不是因為你愛他！因為你並不愛他。但是有某種理由讓你這麼做。」

她心想：「待會兒他就要明白了！哦，天啊，不要！」

他的臉刷地變白了。

「黛瑞……難道……是因為你……懷了孩子嗎？」

在那一瞬間，她看到了他給她的機會。一個絕佳的機會！她慢慢地，幾乎是不由自主地低下頭。

她聽到他急促的呼吸聲，然後他僵硬而高亢地說：「那麼……情況就不一樣了。我先前不知道。我們得找出個解決的方法。」他倚過身子，握住她的雙手。「親愛的黛瑞，千萬不要以為……做夢也不要想像自己有任何該責備的地方。不管發生了什麼事，你一定要記住這一點。我回到英國時早該把你要回來的。但我慌了手腳。現在我該把事情做個了斷。你知道嗎？不論發生了什麼事，別煩惱，親愛的。你並沒有錯。」

他吻了她的一隻手，接著是另一隻手。然後就只剩下她一人，獨自凝視著那沒人喝過的茶。好奇怪，她只看得見一樣東西──一段裝飾得俗里俗氣、掛在石灰牆上的經文。文上的字像是要跳出來投向她似的。

「這段話，對一個男人能有什麼用……」

她站起來付了錢並離開了。

喬治．寇積回來的時候，女僕跟他說他的妻子請他不要打擾。她頭痛得厲害。

第二天早上九點，他臉色沉重地來到她的臥房。黛瑞坐在床上。她看來蒼白憔悴，但是雙眼發亮。

「喬治，我有事要告訴你，真是可怕……」

他唐突地打斷了她。

「那麼，你也聽到了。我還擔心你會難過。」

「難過？」

「是呀。你那天還和那個可憐的年輕人說過話。」

她情不自禁地撫著胸口，眨著眼睛，用一種低沉可怕的聲音急切地說：「我什麼也沒聽到。快點告訴我。」

「我以為……」

「告訴我！」

「菸草農場上，一個年輕的傢伙開槍自殺了。他在戰爭中受到嚴重的傷殘，精神崩潰了。我想，沒別的理由好解釋了。」

「開槍自殺……在那間掛著煙葉的矮棚裡。」她的語氣篤定，並夢遊似的看見一個人持槍躺在有香菸味的黑暗中。

「啊，沒錯，那就是你昨天覺得不舒服的地方。真是詭異！」

黛瑞沒回答。她看到另一個景象：擺著茶具的桌旁，一個女人低頭為一個謊言認罪。

「唉，戰爭得為很多事情負責。」寇積一邊說，一邊伸手拿了火柴，小心點燃他的菸斗。

他妻子的呼叫聲突然嚇了他一跳。

「不要，啊，不要！我受不了菸味！」

他溫和地注視著她，心裡有些訝異。

「親愛的女孩呀，你別太敏感了。菸味終究是無法避免的，到處都是啊。」

「是呀，到處都是！」

她扭曲著嘴，緩緩地笑了，喃喃說著他聽不懂的話。她說的是提姆．紐津死後她為他發布訃聞時的啟事：

當光亮仍在時，我將長憶，而且在暗夜裡，也不忘懷。

她的雙眼隨著盤旋而上的煙霧張得更開了，口裡低聲而呆板地重複說道：「到處都是，到處都是。」

後記

〈殘光夜影〉第一次是刊載在一九二四年四月的《小說雜誌》上。熟悉丁尼生爵士[10]作品的人，不會對亞頓的真實身分感到驚訝。

丁尼生和葉慈[11]、艾略特[12]一樣，也是克莉絲蒂最喜愛的詩人之一。而他筆下的伊諾克·阿登一角，也為一九四八年的白羅探案小說《順水推舟》帶來了靈感。〈殘光夜影〉的篇幅在添加某些情節之後，也出現在一九三〇年的《撒旦的情歌》一書中。這是克莉絲蒂用瑪麗·魏斯麥珂特的筆名所寫的六本小說中的第一本。雖然世人對她的魏斯麥珂特作品較不感興趣，但也認為此系列可視為一種克莉絲蒂私人生活的實況報導，像是自傳之類的作品。總之，這系列給了克莉絲蒂一個逃避偵探小說的重要工具。這令她的出版商十分懊惱；這是可以理解的，因為他們對令她分心而不務正業的任何事都不太熱中。六本書中最有趣的是頗為切題的《未完成的肖像》，發表於一九三四年。克莉絲蒂的第二任丈夫考古學家麥克斯·馬龍形容它是：「真實與想像的人物情節混合交錯……最接近寫實的克莉絲蒂畫像。」

她自己最愛的是第三本的魏斯麥珂特小說《幸福假面》，出版於一九四四年。她在自傳中說：「這本書我極為滿意……我趕了三天就寫好了。」又說：「我寫得既誠實又中肯，完全依照我的本意來下筆，這是一個作者最值得驕傲的樂趣。」

10 丁尼生（Alfred Tennyson, 1809-1892），英國詩人暨桂冠詩人。
11 葉慈（William Butler Yeats, 1865-1939），愛爾蘭詩人，一九二三年獲得諾貝爾文學獎。
12 艾略特（T. S. Eliot, 1888-1965），英裔美國詩人。

專文推薦

藏在日常細節中的冒險

楊照（作家）

一開始，就都在那裡了。

一九二〇年，阿嘉莎．克莉絲蒂出版了《史岱爾莊謀殺案》，神探白羅就已經退休了。而且在這個案子裡，藉由敘述者海斯汀的轉述，就鋪陳出克莉絲蒂小說最基本的偵探原則：

「那些看來或許無關緊要的小細節……它們才是重要的關鍵，它們才是偉大的線索！」

「豐富的想像力就像洪水一樣，既能載舟亦能覆舟，而且，最簡單直接的解釋，往往就是最可能的答案。」

「沒有任何謀殺行為是沒有動機的。」

還有，一個不討人喜歡的死者，一群各有理由不喜歡死者、因而也就都有殺人動機的人，這些人彼此之間構成複雜的關係，有的互相仇視，有的互相愛戀，麻煩的是，有些愛人其實貌合神離，有些仇人其實私下愛慕；更麻煩的是，不論是愛或是仇，都有可能是扮演出來的。

一個外來的偵探必須周旋在這些嫌疑者之間，從他們口中獲取對於案情的了解，換句話說，他必須在很短的時間內，搞清楚誰是誰、誰跟誰吵架、誰跟誰偷情，然後判斷誰說的哪一句是實話、哪一句是謊言。常常謊言比實話對於破案更有幫助。

再偷偷透露一下，如果要和小說裡的凶手及小說背後的作者鬥智，就像克莉絲蒂對英國社會的了解，祕訣就在於要去追究小說裡的人物背景，尤其是他們的階級地位。基本上，階級地位愈高、權力愈大、愈有錢者，說的話就愈不要相信。例如在《史岱爾莊謀殺案》中，僕人、園丁說的話遠比有頭有臉的人說的要可信多了。就算要說謊，他們的謊言也比較天真，而且往往出於善良動機。當你歸納線索時，就會知道他們並非故意說謊，那是因為他們的認知受到蒙蔽或誤導，而你慢慢就從這蒙蔽或誤導中被引導到真相。

《史岱爾莊謀殺案》出版那年，克莉絲蒂三十歲，但書稿其實早在五年前就寫好了，畢竟要找到有人願意出版一個看來再平凡不過的家庭主婦寫的小說，並不是那麼容易。

所有和克莉絲蒂接觸過的人，都對於她的「正常」留下深刻印象。她看起來就和她那個年紀的典型英國家庭主婦一樣，害羞、靦腆，只能在社交場合勉強跟人聊些瑣事話題，完全無法演講，甚至連只是站起來對眾賓客說幾句客套話，請大家一起舉杯，她都做不到。她不演講，也很少答應接受採訪，就算採訪到她也很難從她口中得到有趣的內容。她會講的，幾乎都是記者本來就知道、或者自己就可以想得出來的。

例如說白羅這個神探的來歷。克莉絲蒂回答：他應該是個外國人，這樣就能在英國日常生活中看出英國人自己看不出的線索。她自己碰過的外國人，只有第一次大戰剛爆發時到英國避難的比利時人。比利時警察怎麼能跑到英國來？那一定是因為他已經退休了。他有潔癖，所以對於現場會有特殊的直覺，馬上感受到不對勁的地方。一個有潔癖的人，好像應該長得矮小些才相稱，一個矮小有潔癖的人最適當的名字，就是希臘神話裡的大力士「赫丘勒斯（Hercules）」，製造出荒唐的對比趣味。那白羅這個姓是怎麼來的呢？克莉絲蒂很誠實地說：「我不記得了。」

一切都如此順理成章，一切都如此合邏輯，不是嗎？有記者問她怎麼看自己的舞台劇〈捕鼠器〉，創下了英國劇場、甚至全世界劇場連演最多場紀錄的名劇？克莉絲蒂的回答也還是中規中矩，合理合節：那是一齣小戲，在一個小劇院演出，成本很低，任何人想到了都可以帶家人或朋友去看，老少咸宜，並不恐怖，也不特別荒謬打鬧，可是又什麼都有一點，包括恐怖和荒謬打鬧的成分。

她的身上找不出一點傳奇、怪誕色彩，那她為什麼能在五十年間持續寫偵探小說，創造了那麼多謀殺，還創造了那麼多詭計？

首先因為她是女性，以及她的身世，包括她的階級身分，使得她在描寫故事場景時比一般男性作者來得敏感。因為在她之前的偵探推理小說男性作家的階級身分都是高高在上，基本上他們會從較高的角度看社會，比較看不到底層的感受。

而她的婚變以及婚變中遭逢的痛苦，都使她更能體會與觀察，將英國社會的複雜細節融入小說的核心情節，讓探案與線索分析結合在一起。

克莉絲蒂一生結過兩次婚，第一次在一九一四年，婚後不久，丈夫就參加了歐戰，是英國皇家空軍最早一批飛行員。一九二六年，這個丈夫有了外遇，直率地向克莉絲蒂要求離婚，在那之前，克莉絲蒂的媽媽才剛過世，雙重打擊之下，又遇到車子無法發動，克莉絲蒂崩潰了，她棄車而走，忘記了自己究竟是誰，躲進一家鄉間旅館，登記時寫了她心裡唯一有印象的名字——她丈夫情婦的名字。

離婚後，一次在晚宴中，有人提起近東烏爾考古的最新收穫，克莉絲蒂就取消了原定要去西印度群島的計畫，改訂了跨越歐洲到君士坦丁堡的「東方快車」，是的，就是這趟旅程給了她寫《東方快車謀殺案》的靈感。不過更重要的是，在烏爾，她認識了一位年輕的考古學家，比她小十四歲，這個人後來成了她的第二任丈夫。

這位考古學家陪她去參觀在沙漠中的烏克海迪爾城，卻在沙漠中迷路困陷了。幾小時中克莉絲蒂卻沒有一點驚慌不安，當下考古學家就決定要向她求婚。

原來，克莉絲蒂的內心是有這種冒險成分的。要不然她不會兩次選到的，都是喜愛冒險的丈夫，而她本身大概也不會吸引一個在各種危險情境下挖掘古代寶藏的人，讓他願意向一個大他十四歲的女人求婚。

這樣說吧，維多利亞時代後期的英國環境，壓抑限制了克莉絲蒂冒險、追求傳奇的內在衝動，她只好將這樣的衝動寄託在丈夫和寫作上。她一邊陪著第二任丈夫在近東漫走，一邊在小說中寫各式各樣的謀殺與探案。謀殺和探案都是冒險，還有，偵探偵查中做的事——蒐集線索，還原命案過程——其實和考古學家的考掘，如此相似！

克莉絲蒂寫得最好的，正是「藏在日常中的冒險」。她個性中的雙面成分，造就了特殊的偵探魅力。既嚮往非常傳奇，卻又有根深柢固的日常邏輯信念，兩者都在克莉絲蒂的小說中扮演了重要角色。她的謀殺案幾乎都和日常習慣緊密編織在一起，日常環境成了凶手最重要的掩護。有些日常規律明顯地被破壞了，讓我們很自然以為那會是謀殺的線索，沿著這些線索形成了閱讀中的推理猜測，然而白羅早就提醒了，真正重要的反而是那些「細節」，也就是看來像是依隨日常邏輯進行的事，或說藏在日常邏輯中因而不被看重的事，那裡要嘛藏著凶手的核心詭計、煙幕，要嘛藏著凶手致命的破綻。

凶案的構想，就是如何讓異常蓋上日常、正常的面貌，又如何故意將日常、正常予以扭曲，製造假象；那麼偵探要做的，就是如何準確地在日常中分辨出真正的異常，將假的、明顯的異常撥開來，找出細節堆疊起來的異常真相。

此外，克莉絲蒂的小說裡隱藏著極其曖昧的情感價值觀，最典型、最有名的就是《東方快車謀殺案》。透過追查過程，讓讀者知道為什麼凶手要訴諸於這種手段，其動機具有可同情之處，再加上克莉絲蒂對身分階級的觀察，她比較相信或讓讀者相信那些沒有權力、地位的人，隨著偵查節奏去認識可能或必須懷疑的人。克莉絲蒂最擅長營造「多重嫌疑犯」的小說特質，因為讀者在閱讀時必須被迫去認識很多不一樣的人。在她最受歡迎的作品，大概都具備這樣的特質。

當然，她的作品中還有兩個最突出的神探，即白羅和瑪波。白羅是比利時人，但為什麼必須是外國人？這是因為英國人具有高度階級意識，這種觀念一路滲透到所有互動細節，包括人與人之間如何說話。而白羅因為不是英國人，他會發現一般英國人不太看得出來的東西，以及兩個人互動的方法哪裡不正常。至於瑪波為什麼得是老太太？她一如那個年代的老人家，總是靜靜坐著打毛線，因為不起眼，自然讓人放鬆防備，所以瑪波探案的線索都是來自於這樣的互動模式。

然而，白羅有很明顯的優勢，瑪波的身分使她基本上只能進行「靜態」的辦案，案子的空間受到侷限，白羅卻可以跨越各種空間，恣意揮灑。而且白羅擁有警官身分，可以合理出現在各種犯罪現場，瑪波能出現的地方，相形之下就勉強、不自然多了。白羅是明白的outsider，在英國，只要他出現，就會覺得有外人在而感到緊張，於是很容易露出平常不會表現的行為；瑪波則看起來是insider，但實質上是outsider，因為總是沒人發現她、當她空氣人。這兩人的探案，是兩個極端。雖然讀者最愛白羅，但克莉絲蒂自己偏愛瑪波勝於白羅。

不管後來的偵探、推理小說發展了多少巧妙詭計，克莉絲蒂卻不會過時，因為她的推理如此密切地和日常纏繞在一起；活在日常中，我們就無可避免被克莉絲蒂的「日常細節推理」吸引，隨時讀來都充滿驚奇趣味。

名家盛讚克莉絲蒂（依推薦時間排序）

金庸（作家）

克莉絲蒂的寫作功力一流，內容寫實，邏輯性順暢，也很會運用語言的趣味。閱讀她的小說，在謎底沒有揭露之前，我會與作者鬥智，這種過程非常令人享受。其作品的高明之處在於：布局的巧妙完全意想不到，而謎底揭穿時又十分合理，讓人不得不信服。

詹宏志（作家、PChome 網路家庭董事長）

推理小說在從先輩柯南．道爾等人的發明中出現力量時，誕生了一位《天方夜譚》故事中每天說故事說個不停的王妃薛斐拉．柴德，也就是「謀殺天后」克莉絲蒂，整個世界對聽這些故事才有如此的熱情。他們捨不得睡覺，每天問後來還有嗎、還有嗎，永遠不肯離去，這就是克莉絲蒂對推理小說的最大貢獻。

可樂王（藝術家）

所謂「克莉絲蒂式」的推理小說，就是一場和一個天才的寫作者或高明的恐怖份子在紙上捕掠捉殺的戰事。即便是一列火車、一處飯店或一間酒吧，在克莉絲蒂寫來皆充滿神祕和猜謎。在人生適合的下午裡，我總是一面嚼著口香糖，一面跟著矮子偵探白羅穿梭謀殺現場，克莉絲蒂的推理作品無疑是推理世界中最充滿「魔術性」的小說。

吳若權（作家、節目主持人）

我從小就對推理小說情有獨鍾，克莉絲蒂一系列的作品尤其令我愛不釋手。多年來，閱讀推理小說的經驗讓我覺悟：讀者在文字情節中推展開來的驚嘆，不只是因緣於故事的本身，而是自我性格的投射。從這個觀點來看克莉絲蒂一系列的作品，她簡直就是洞徹人性的算命師。而讀者，在她的文字中，發現了自己無可奉告的命運。

藍祖蔚（國家電影及視聽文化中心董事長）

做過藥劑師，難免懂得毒藥；嫁給考古學家，難免也就嫻熟文明的神祕；再加上曾經失蹤九天，一切不復記憶的離奇經驗，的確提供了寫作靈感，但若少了想像力，那些片羽靈光縱使辛辣如辣椒，卻不足以成菜。

推理小說重布局、重人物描寫，克莉絲蒂最厲害的卻是犀利的人性觀察，她一手創造的白羅探長，潔癖個性完全和她相反，更將她所憎厭的人格特質集於一身，殊不知，唯有不對著鏡子寫作，才能夠跳出框架與制式反應，開闢無限寬廣的新世界，建構多面向的詭異迷宮。

看完她的小說，你只會更加訝異，到底是什麼樣的心靈才能成就這般視野？

李家同（作家、前暨南大學校長）

克莉絲蒂的整體布局十分細膩，最後案情也都講解得非常詳細，回頭去看，在書中都找得到線索。故事的情節與內容也很好看，不是像一個流氓在街上被殺掉那麼單調。……看小說應該要花腦筋、要思考，從小就要養成思辨的能力，看她的小說，就是對邏輯思考能力極佳的訓練。

袁瓊瓊（作家）

雖然被公認是冷靜理性的謀殺天后，但是在理性之下，克莉絲蒂的底色依舊是感情。克莉絲蒂很明白，所有的慾望之後，都無非是某種愛情。在以性命相搏的犯罪世界裡，凶手以終結他人的性命來遂私欲，不過是為了成全自己的愛，或者是成全自己的恨。

鄧惠文（精神科醫師）

以推理小說作家而言，克莉絲蒂的風格相當獨樹一格。她的偵探在辦案時，靠的不光是科學證據的搜集，而是大量運用犯罪心理學，及對人性的深刻了解。例如在《五隻小豬之歌》中，白羅便是藉由聽取嫌疑犯訴說案情時所不自覺顯露的主觀意識及中心思想，而看出其中破綻，找出真凶。白羅是靠腦袋辦案，以心理層面去剖析案情，即使人們敘述的是同一件事，他可以聽出不同角色因出發點及看待角度不同所透露的情緒觀感，從而抽絲剝繭，還原事實真相。

克莉絲蒂所塑造的人物也生動且各具特色，不同個性所出現的情緒反應描寫，皆細膩而準確，讓讀者產生豐富的想像空間，一展卷便欲罷而不能。

吳曉樂（作家）

克莉絲蒂使用的語言平易近人，主要是以角色與情節的對應來斧鑿出故事的深度，堆疊出讓讀者回味的迂迴空間。而她筆下的角色往往性別、階級、性格、族群各異，塑造出多元又豐富的人物群像。

文學作品不問類型，若要流傳於世，最終仍得上溯至「人性」的理解與反思。而阿嘉莎·克莉絲蒂的作品中，我們可以看到人類屢屢得和自己的人生討價還價，或千方百計讓主觀意識與客觀條件達成某種程度的整合，讀者在重建人物的心理軌跡時，也見識到自身的是非成敗，我認為，這也是克莉絲蒂的作品能夠璀璨經年、暢銷不衰的主因。

許皓宜（心理學作家）

克莉絲蒂筆下的故事看似在談人性的醜惡，實則像一位披著小說家靈魂的心靈引導者，用她的文字訴說著人們得不到「愛」時的痛苦。於是在故事終了的剎那，你不得不對人生多了幾分「看透感」：原來，我們心裡的那些痛苦、報復與自我折磨的慾望，不是因為「憤恨」，而是起於對「愛的失落」。這或許是我們在情感世界中最珍貴且深刻的一種覺察了。

推理小說荒謬驚悚嗎？不，它其實很寫實。它幫我們說出心裡的苦、怨、醜陋的慾望，於是，我們可以重新學習愛了。

一頁華爾滋 Kristin（影評人）

從有記憶以來，閱讀克莉絲蒂最迷人之處往往不在真正的凶手是誰，而是在於「Why」（為什麼）與「How」（如何進行），在於人性與心理描摹的故事肌理。依循其書寫脈絡，會發覺不只是邏輯清晰、布局縝密、著重細節，她總能完美掌握敘事節奏，書中人物彷彿真實存在般鮮明躍然紙上，讀者情緒會隨精準文字保持流轉、跳動、收放，掩卷時並無太多真相水落石出的暢快，反倒淡淡的惆悵化為餘韻襲上心頭，原來還是種種意料之外，卻屬情理之中的人性盲目使然。私以為，那成就了克莉絲蒂的推理故事之所以無比迷人的主因之一。

冬陽（推理評論人）

雖然阿嘉莎．克莉絲蒂的作品並非我的推理閱讀啟蒙，卻是養成閱讀不輟的重要推手。首先，她無庸置疑是個說故事能手，打開我名為好奇的開關；其次是設計犯罪事件的巧妙多元，既日常又異常，凶手更是叫人意想不到。沒錯，我相信每個當讀者的都忍不住想破案，想早偵探一步識破詭計，或者像考試結束鈴響前一秒，瞎猜都要指著某個角色大喊「你就是犯人」！然後會忍不住作弊——不是翻到最後幾頁窺探真凶身分，而是往前翻查讓人起疑的段落、偵探顯然掌握重要線索的時刻，直到忍不住豎白旗投降，看神探（我知道啦，真正把我耍得團團轉的聰明人是作者）頭頭是道地分析我遺漏錯置的片片拼圖，終於看清真相全貌。這，就是偵探推理，我因此熟悉遊戲規則、沉醉在每一場迷人故事裡，成為這個類型書寫的俘虜，享受至今不疲的美好滋味。

石芳瑜（作家、永樂座書店店主）

布局細膩、處處留下線索，破案解說詳細，說明了這位安靜、害羞的推理小說女王心思縝密，且充滿想像力。密室殺人，完美犯罪，《東方快車謀殺案》不愧為古典推理小說的經典。再加上神祕的東方色彩，隨著火車抵達的迫切時間感，連非推理小說迷都會神經拉緊，讀完大呼過癮。

家庭主婦缺少人生經驗？處女座的阿嘉莎．克莉絲蒂充分展現她過人的寫作天分，靠得是從小開始的閱讀，以及對偵探小說的著迷。三十歲寫下第一本偵探小說《史岱爾莊謀殺案》的克莉絲蒂，在那個時代並不能說是「早慧」，但寫作生涯五十五年中，共創作了八十部偵探小說，卻令人難以企及。這位害羞靦腆的小說女神，大概是相信只要有足夠的理由，每個人都有殺人的可能！

余小芳（暨南大學推理研究社指導老師、台灣推理作家協會常務理事）

學生時代加入推理社團，社課指定讀物便是經典作品《一個都不留》，成為我對克莉絲蒂的初步印象，自此沉浸於推理小說的世界。隔年寒假陪同學參與轉學考，在斜風細雨的走廊中，滿足讀完《東方快車謀殺案》。隨著歲月遠走，已昇華成趣味回憶。

踏入推理文學領域需要認識的作家，阿嘉莎．克莉絲蒂絕對名列其中，她的作品常有英國小鎮風光、莊園式的謀殺、設備豪華的交通工具等，還有特色鮮明的偵探活躍其中。書中少有血腥、暴力的橋段，布局巧妙且結構嚴密，手法純粹、知性，故事內容與人物性格融為一體，以高超的想像力結合說好故事的能耐，為推理小說開創新局面。克莉絲蒂推理全集重編改版，值得新舊讀者一起探索。

林怡辰（國小教師、教育部閱讀推手）

多年後，還是難忘第一次閱讀阿嘉莎．克莉絲蒂作品的感動和激動。這套將近一世紀的作品，文筆流暢，邏輯縝密，過程中不斷與作者較量、猜出凶手，直到最後解答不禁佩服，蛛絲馬跡處處展現作者的精妙手法，於是又拿起另一部作品，再次沉溺在謀殺天后所編織的日常世界中的奇幻，無可自拔。犯罪動機和手法穿越時空限制，如今讀來合理且依舊令人感動，閱讀中趣味橫生，難怪成為後來諸多偵探小說的原型。

克莉絲蒂創作生涯中產出的八十部推理作品，至今多部躍上大銀幕，無怪乎被稱之為「經典」，喜愛推理偵探作品的人不可不讀，你會驚異於她在文字中施展的魔法！

張東君（推理評論家、科普作家）

我愛克莉絲蒂！這位在台灣有時會被稱為克奶奶的超級暢銷推理小說家，即使是自認沒讀過她的書的人，也都會在各種書籍或影視作品中看到對她致敬的片段。由於她喜歡旅行和冒險，那些經驗與體驗都成為書中的場景，因此閱讀她的作品時，不只是雀躍地跟著偵探推理，也有了虛擬的旅行體驗。或者當成旅遊導覽書，在出發去尼羅河、去英國鄉間、去搭船搭火車時，就塞一本克奶奶的作品到隨身背包中。

我還是大學新生時，就聽學姐說她哥哥經常看克奶奶的小說，而且邊看邊狂笑。於是我跟著效仿，在某次搭飛機之前買了第一本小說當旅伴，不只看得超開心，看完後還到處找尋書中出現的那種有兜帽的斗篷，當成出門時的必備用品。克奶奶的作品是跨越文字、國界的。只要看過一本，就會不停地追下去。還好，真的是還好只有八十本。何況這次是全新校訂的紀念珍藏版，當然不能錯過！

發光小魚（呂湘瑜）（文史作家、助理教授）

一部好的偵探小說，除了情節設計巧妙之外，還需要洞悉人性，如此方能合理地交代人物的言行舉止與動機。阿嘉莎．克莉絲蒂便是其中翹楚，她的作品不管是偵探、愛情小說或戲劇，必要元素都是謎題與人性。在寧靜無波的場景下暗潮洶湧，永遠都有意料之外，讀者的情緒也會隨著劇情的進行起伏糾結。克莉絲蒂觀察到時代的變化，將犯罪心理融入作品中，於是，看她的小說不只能得到解謎的快樂，同時對人性也能夠有所省思。

此外，克莉絲蒂豐富的人生歷練及旅行經歷，例如一九二二年的環球之旅、居住過也旅行過的巴黎和埃及，甚至是追隨考古學家丈夫前往的中東，都讓她的小說讀來更加充滿異國情調。如果你也愛旅行，不如就讓我們一同搭上那一班南法的藍色列車，或由伊斯坦堡出發的東方快車，跟著白羅鑽進一樁奇案，一嘗旅程中破解謎題的快感吧。

盧郁佳（作家）

國小時，家裡買了一套阿嘉莎．克莉絲蒂全集，從此成了我的毒品，在白癡課本將我的腦袋啃噬成海綿般空洞時，撫慰受創的心靈，那時我仍對人心險惡一無所知。

數學課教你列算式，樂趣遠不如克莉絲蒂教你住宅平面圖、偷換時序的密室魔術，你從庭園長窗進房間，我從房門直通鄰房，他從走廊進房……從而學會故事是建構邏輯。她文風多變，時而《四大天王》中讓神探白羅向助手海斯汀大賣關子，眉頭緊皺，山雨欲來，預示天翻地覆，只能靠他拯救世界；時而用維吉尼亞．吳爾芙《自己的房間》中俏皮的語言，讓貧苦村姑安妮在《褐衣男子》中回憶南非出生入死的冒險，竟源於她耽讀村裡圖書館爛舊的冒險愛情小說，還有戲院每週末放映〈帕米拉歷險記〉，帕米拉每集從飛機跳落高空、搭潛艇、爬上摩天大樓，每次被黑幫老大抓到總不一刀斃命，卻老要用瓦斯毒死她，暗示續集又會逃出生天。

長大才發現，克莉絲蒂小說就是我的〈帕米拉歷險記〉：它以歌劇般輝煌龐大的天真陰謀、精細的人際觀察（一句話重音放在哪個字、從膝蓋鑑定女人的年齡等），召喚年輕讀者抱持浪漫精神投入未知的壯遊，瘋魔、衝撞、冒犯，傷痕累累毫無懼色。正如瓦斯在冒險片中太多、現實中卻太少；陰謀在現實中沒有克莉絲蒂寫得那麼複雜，但她刻畫的心理卻是現實中解謎的試金石。

賴以威（臺灣師範大學電機系副教授）

或許可以為經典下幾個定義：該領域的愛好者更都讀過；不是這個領域的愛好者，許多人也都聽過；影響後續的作品，在很多著作中都可以看到它的影子；值得反覆再三閱讀，每隔一陣子再讀都可以獲得閱讀的樂趣，有更多的體悟。我永遠記得第一次讀《東方快車謀殺案》時，被那宛如嚴謹設計數學謎題的鋪陳、推進給深深吸引、震撼。從這幾個角度來說，克莉絲蒂的推理小說被稱之為「經典」，可說是當之無愧。

謝哲青（作家、旅行家、知名節目主持人）

克莉絲蒂小說的魅力在於透過每個角色的對白，藉由不斷的說話來表現人物的個性，以彰顯其人格特質中一些無法被忽略的事實。我們從他們的言語、講話的過程和字裡行間，竟然就能知道誰是凶手。

我從克莉絲蒂的小說學到很多，除了推理小說有趣的事實之外，最重要的是，我在工作的職場跟人應對的時候，如何從語言和對話裡去捕捉某些隱而不顯的事實。許多人們欲蓋彌彰的東西，無論心事也好、祕密也好，克莉絲蒂都會用文學的手法，讓你理解語言的奧妙和魅力。

克莉絲蒂的書寫會讓你覺得彷彿自己也在現場，你可以從聽到的對話當中，學會如何理解人心的一些小技巧，這是小說家最出色、最偉大的地方。我們必須學習傾聽別人說話——這些人講話是真誠的嗎？他想要跟你分享什麼資訊？這些資訊可靠嗎？——這是我在閱讀推理小說時，最大的收穫和理解。

阿嘉莎・克莉絲蒂大事記

1890		• 九月十五日出生於英格蘭德文郡托基鎮。
1894	4 歲	• 開始在家自學，父母親、姐姐教導閱讀、寫作、算術和彈鋼琴。
1895	5 歲	• 家中經濟走下坡，舉家搬至法國，學會流利的法語。
1905	15 歲	• 在巴黎寄宿學校學鋼琴和聲樂，但生性極度害羞，未成為職業鋼琴家，最終回到英國。
1907	17 歲	• 陪同母親前往埃及調養身體，對社交活動充滿興趣，但尚未對日後感興趣的埃及古物點燃熱情。 • 回英國後繼續寫作、參與業餘戲劇表演。
1908	18 歲	• 寫出第一篇短篇小說〈麗人之屋〉，同時也寫出第一部愛情小說《白雪黃漠》，以筆名向出版社投稿，但屢遭退稿。
1912	22 歲	• 與英國皇家軍官亞契・克莉絲蒂（Archibald Christie）熱戀。 • 八月爆發第一次世界大戰，亞契奉派到法國作戰。
1914	24 歲	• 耶誕夜結婚，亞契隨即返回戰場。克莉絲蒂參與紅十字會工作，在醫院擔任護士和藥劑師，因此對藥理和毒物非常熟悉，造就後來多部推理小說情節都以毒藥殺人。
1916	26 歲	• 開始嘗試寫推理小說，寫出第一部小說《史岱爾莊謀殺案》，主角偵探赫丘勒・白羅的靈感，來自於大戰期間英國鄉間的比利時難民營。本書歷經數家出版社退稿後，終獲柏德雷・海德（The Bodley Head）圖書公司的出版機會，之後並簽下另五本小說的合約。
1919	29 歲	• 前一年亞契返回英國，八月生下女兒露莎琳。

1920	30 歲	• 出版《史岱爾莊謀殺案》。
1922	32 歲	• 出版第二部小說《隱身魔鬼》，主角是夫妻檔偵探湯米和陶品絲。 • 與亞契至南非、澳洲、紐西蘭、夏威夷和加拿大等國旅行十個月，在南非得到《褐衣男子》的靈感。
1923	33 歲	• 三月出版第三部小說《高爾夫球場命案》，白羅再度登場。
1926	36 歲	• 四月母親過世，克莉絲蒂陷入憂鬱。 • 六月在「威廉．柯林斯父子出版社」出版《羅傑艾克洛命案》。 • 八月亞契因外遇提出離婚，十二月初一次爭吵後，克莉絲蒂離家棄車失蹤，消息登上全國新聞。
1927	37 歲	• 一月在悲痛心情中寫出《藍色列車之謎》，第一次創造出聖瑪莉米德村，即後來瑪波小姐居住的村子。 • 分居期間在雜誌刊登以白羅為主角的短篇小說，後來集結出版《四大天王》。 • 十二月在雜誌刊登短篇小說〈週二夜間俱樂部〉，瑪波小姐初登場，後來收錄在一九三二年出版的短篇小說集《十三個難題》。
1928	38 歲	• 十月正式離婚，仍保留「克莉絲蒂」姓氏。 • 秋天搭乘「東方快車」前往土耳其的伊斯坦堡，再轉往伊拉克首都巴格達，參觀考古現場烏爾，認識考古學家伍利夫婦（Leonard and Katharine Woolley）。
1930	40 歲	• 二月應伍利夫婦之邀再訪烏爾，認識考古學家麥克斯．馬龍（Max Mallowan），九月於英國愛丁堡結婚。這段婚姻開啟克莉絲蒂旺盛的創作生涯，兩人到中東考古現場的旅行為許多作品帶來靈感。

• 婚後克莉絲蒂開始維持固定的寫作行程。十月出版《牧師公館謀殺案》，是第一部以瑪波小姐為主角的小說。
• 出版第一部以「瑪麗．魏斯麥珂特」（Mary Westmacott）為筆名的《撒旦的情歌》，並陸續發表了五部非犯罪小說。

1932	42 歲	• 出版《危機四伏》。
1934	44 歲	• 出版《東方快車謀殺案》，是白羅海外辦案三部曲之一，故事靈感來自中東的旅行經歷。一九七四年第一次改編成電影大獲好評。
1936	46 歲	• 出版《美索不達米亞驚魂》，白羅海外辦案三部曲之二。
1937	47 歲	• 出版《尼羅河謀殺案》，白羅海外辦案三部曲之三，故事背景是年輕時與母親同遊的埃及。一九七八年第一次改編成電影大受歡迎。
1939	49 歲	• 二次大戰期間，克莉絲蒂在大學學院醫院擔任義務藥師，學習到最新的毒藥知識，對於推理小說寫作大有助益。 • 出版《一個都不留》，是克莉絲蒂最著名作品之一。
1941	51 歲	• 出版《密碼》，呈現出克莉絲蒂對戰爭的看法。 • 出版《豔陽下的謀殺案》。
1942	52 歲	• 出版《藏書室的陌生人》、《五隻小豬之歌》等名作。
1944	54 歲	• 以「瑪麗．魏斯麥珂特」為筆名出版第三部作品《幸福假面》，被美國書評人發現是克莉絲蒂的作品，讓她從此失去匿名創作的自在樂趣。

1950　60歲　• 獲選為皇家文學學會的會員。

1953　63歲　• 出版《葬禮變奏曲》。

1956　66歲　• 一月獲頒大英帝國爵級大十字勳章（GBE）。
• 十一月以「瑪麗·魏斯麥珂特」為筆名出版《愛的重量》，是這個筆名的最後一部作品。

1958　68歲　• 成為「偵探作家俱樂部」主席。

1960　70歲　• 馬龍獲頒大英帝國爵級大十字勳章。

1961　71歲　• 獲得艾克塞特大學頒發榮譽文學博士學位。

1968　78歲　• 馬龍獲封為爵士，克莉絲蒂亦被稱為馬龍爵士夫人。

1971　81歲　• 獲頒大英帝國爵級司令勳章（DBE），獲封為女爵士。

1973　83歲　• 出版最後一部創作《死亡暗道》，亦為湯米和陶品絲最後一次辦案。

1974　84歲　• 最後一次公開露面，出席電影《東方快車謀殺案》首映會。

1975　85歲　• 八月六日，白羅成為有史以來第一次在《紐約時報》頭版刊出訃聞的小說主角，宣傳九月即將出版的《謝幕》，這也是白羅最後一次辦案。

1976　86歲　• 一月十二日去世。
• 十月出版《死亡不長眠》，瑪波小姐的最後一次辦案。

克莉絲蒂推理原著出版年表

1920　史岱爾莊謀殺案 The Mysterious Affair at Styles（神探白羅系列）
1922　隱身魔鬼 The Secret Adversary（神探湯米＆陶品絲系列）
1923　高爾夫球場命案 The Murder on the Links（神探白羅系列）
1924　白羅出擊 Poirot Investigates（神探白羅系列）
1924　褐衣男子 The Man in the Brown Suit（神探雷斯上校系列）
1925　煙囪的祕密 The Secret of Chimneys（神探巴鬥主任系列）
1926　羅傑艾克洛命案 The Murder of Roger Ackroyd（神探白羅系列）
1927　四大天王 The Big Four（神探白羅系列）
1928　藍色列車之謎 The Mystery of the Blue Train（神探白羅系列）
1929　七鐘面 The Seven Dials Mystery（神探巴鬥主任系列）
1929　鴛鴦神探 Partners in Crime（神探湯米＆陶品絲系列）
1930　牧師公館謀殺案 The Murder at the Vicarage（神探瑪波系列）
1930　謎樣的鬼豔先生 The Mysterious Mr. Quin（神探鬼豔先生系列）
1931　西塔佛祕案 The Sittaford Mystery
1932　十三個難題 The Thirteen Problems（神探瑪波系列）
1932　危機四伏 Peril at End House（神探白羅系列）
1933　十三人的晚宴 Lord Edgware Dies（神探白羅系列）
1933　死亡之犬 The Hound of Death
1934　三幕悲劇 Three Act Tragedy（神探白羅系列）
1934　李斯特岱奇案 The Listerdale Mystery
1934　帕克潘調查簿 Parker Pyne Investigates（神探帕克潘系列）
1934　東方快車謀殺案 Murder on the Orient Express（神探白羅系列）
1934　為什麼不找伊文斯？ Why Didn't They Ask Evans?
1935　謀殺在雲端 Death in the Clouds（神探白羅系列）
1936　ABC 謀殺案 The A.B.C. Murders（神探白羅系列）
1936　底牌 Cards on the Table（神探白羅系列）
1936　美索不達米亞驚魂 Murder in Mesopotamia（神探白羅系列）

1937　巴石立花園街謀殺案 Murder in the Mews（神探白羅系列）
1937　尼羅河謀殺案 Death on the Nile（神探白羅系列）
1937　死無對證 Dumb Witness（神探白羅系列）
1938　白羅的聖誕假期 Hercule Poirot's Christmas（神探白羅系列）
1938　死亡約會 Appointment with Death（神探白羅系列）
1939　一個都不留 And Then There Were None
1939　殺人不難 Murder Is Easy（神探巴鬥主任系列）
1940　一，二，縫好鞋釦 One, Two, Buckle My Shoe（神探白羅系列）
1940　絲柏的哀歌 Sad Cypress（神探白羅系列）
1941　密碼 N Or M?（神探湯米＆陶品絲系列）
1941　豔陽下的謀殺案 Evil Under the Sun（神探白羅系列）
1942　五隻小豬之歌 Five Little Pigs（神探白羅系列）
1942　藏書室的陌生人 The Body in the Library（神探瑪波系列）
1942　幕後黑手 The Moving Finger（神探瑪波系列）
1944　本末倒置 Towards Zero（神探巴鬥主任系列）
1944　死亡終有時 Death Comes as the End
1945　魂縈舊恨 Sparkling Cyanide（神探雷斯上校系列）
1946　池邊的幻影 The Hollow（神探白羅系列）
1947　赫丘勒的十二道任務 The Labours of Hercules（神探白羅系列）
1948　順水推舟 Taken at the Flood（神探白羅系列）
1949　畸屋 Crooked House
1950　謀殺啟事 A Murder Is Announced（神探瑪波系列）
1951　巴格達風雲 They Came to Baghdad
1952　殺手魔術 They Do It with Mirrors（神探瑪波系列）
1952　麥金堤太太之死 Mrs. McGinty's Dead（神探白羅系列）
1953　黑麥滿口袋 A Pocket Full of Rye（神探瑪波系列）
1953　葬禮變奏曲 After the Funeral（神探白羅系列）

1954　未知的旅途 Destination Unknown
1955　國際學舍謀殺案 Hickory, Dickory, Dock（神探白羅系列）
1956　弄假成真 Dead Man's Folly（神探白羅系列）
1957　殺人一瞬間 4:50 from Paddington（神探瑪波系列）
1958　無辜者的試煉 Ordeal by Innocence
1959　鴿群裡的貓 Cat Among the Pigeons（神探白羅系列）
1960　哪個聖誕布丁？ The Adventure of the Christmas Pudding（神探白羅系列）
1961　白馬酒館 The Pale Horse
1962　破鏡謀殺案 The Mirror Crack'd from Side to Side（神探瑪波系列）
1963　怪鐘 The Clocks（神探白羅系列）
1964　加勒比海疑雲 A Caribbean Mystery（神探瑪波系列）
1965　柏翠門旅館 At Bertram's Hotel（神探瑪波系列）
1966　第三個單身女郎 Third Girl（神探白羅系列）
1967　無盡的夜 Endless Night
1968　顫刺的預兆 By the Pricking of My Thumbs（神探湯米＆陶品絲系列）
1969　萬聖節派對 Hallowe'en Party（神探白羅系列）
1970　法蘭克福機場怪客 Passenger to Frankfurt
1971　復仇女神 Nemesis（神探瑪波系列）
1972　問大象去吧 Elephants Can Remember（神探白羅系列）
1973　死亡暗道 Postern of Fate（神探湯米＆陶品絲系列）
1974　白羅的初期探案 Poirot's Early Cases（神探白羅系列）
1975　謝幕 Curtain: Hercule Poirot's Last Case（神探白羅系列）
1976　死亡不長眠 Sleeping Murder（神探瑪波系列）
1979　瑪波小姐的完結篇 Miss Marple's Final Cases（神探瑪波系列）
1991　情牽波倫沙 Problem at Pollensa Bay
1997　殘光夜影 While the Light Lasts

國家圖書館出版品預行編目（CIP）資料

殘光夜影 / 阿嘉莎・克莉絲蒂（Agatha Christie）
著 ; 柯翠蓮譯. -- 二版.-- 臺北市 : 遠流出版事業
股份有限公司, 2024.10
面 ; 公分. -- (克莉絲蒂繁體中文版20週年
紀念珍藏 ; 80)
譯自 : While the Light Lasts
ISBN 978-626-361-903-6(平裝)

873.57 113012943

克莉絲蒂繁體中文版 20 週年紀念珍藏 80

殘光夜影

作者 / 阿嘉莎・克莉絲蒂
譯者 / 柯翠蓮

主編 / 陳懿文、余式恕　校對 / 呂佳真
封面、內頁設計 / 謝佳穎　排版 / 連紫吟、曹任華
行銷企劃 / 舒意雯　出版一部總編輯暨總監 / 王明雪

發行人 / 王榮文
出版發行 / 遠流出版事業股份有限公司
地址 / 104005臺北市中山北路一段11號13樓
電話 / (02)2571-0297　傳眞 / (02)2571-0197　郵撥 / 0189456-1
著作權顧問 / 蕭雄淋律師

2004年4月1日 初版一刷
2024年10月1日 二版一刷
定價 / 新臺幣320元 (缺頁或破損的書，請寄回更換)

ISBN 978-626-361-903-6

YL lib 遠流博識網 http://www.ylib.com E-mail: ylib@ylib.com
遠流粉絲團 https://www.facebook.com/ylibfans